La maison étrangère

DU MÊME AUTEUR

La Mer à boire, nouvelle, Éditions de la Lune occidentale, 1980

Dans le delta de la nuit, poésie, Écrits des Forges, 1982

Navires de guerre, Écrits des Forges, 1984

La Catastrophe (en collaboration avec Louise Desjardins), La Nouvelle Barre du Jour, 1985

La Voix de Carla, poésie, VLB, 1987; Leméac, 1999

Qui a peur de ?..., en collaboration, VLB, 1987

La terre est ici, poésie, VLB, 1989

Le Bruit des choses vivantes, roman, Leméac, 1991; Babel 1998

Caravane, nouvelles, Leméac, 1994

Deux ou trois feux, poésie, Dazibao, 1997

L'Île de la Merci, roman, Leméac, 1997; BQ, 2001

Sombre ménagerie, Éditions du Noroît, 2002

POUR LA JEUNESSE

Les Cahiers d'Annette, La courte échelle, 1998

La Leçon d'Annette, La courte échelle, 1999

Annette et le vol de nuit, La courte échelle, 2000

Guillaume Rioux, le poisson orphelin, La courte échelle, 2001

Mes animaux, La courte échelle, 2001

Ma famille, La courte échelle, 2001

Ma maison, La courte échelle, 2001

Mes douceurs, La courte échelle, 2001

Voyages autour de mon lit, poésie, La courte échelle, 2002

ÉLISE TURCOTTE

LA MAISON ÉTRANGÈRE

roman

L'auteur remercie le Conseil des Arts et des lettres du Québec ainsi que le Conseil des Arts du Canada pour leurs appuis financiers.

Leméac Éditeur remercie le ministère du Patrimoine canadien, le Conseil des arts du Canada, la Société de développement des entreprises culturelles du Québec (SODEC) et le Programme de crédit d'impôt du Gouvernement du Québec du soutien accordé à son programme de publication.

ISBN 2-7609-3248-6

© Copyright Ottawa 2002 par Leméac Éditeur Inc.
4609, rue d'Iberville, 3ᵉ étage, Montréal (Québec) H2H 2L9
Dépôt légal – Bibliothèque nationale du Québec, 4ᵉ trimestre 2002

Imprimé au Canada

*Pourtant je savais que, même en secret,
la liberté n'efface pas la faute. Mais il faut être
plus grand que la faute. Mon infime partie
divine est plus grande que ma faute humaine.*

CLARICE LISPECTOR

PREMIÈRE PARTIE

LA SIRÈNE DE BOIS

1

Mon histoire ne prend pas sa source dans la rupture. Au contraire, comme un nœud devenu trop lâche, elle a seulement continué à se défaire.

J'ai vécu avec Jim pendant six ans. Un jour, sans discussion, sans explication, avec mon accord silencieux et définitif, il est parti.

À la minute où il a franchi pour la dernière fois le seuil de la porte, j'ai oublié le récit de notre vie. Il ne s'agissait pas d'un oubli salutaire, d'une fuite. Ce n'était pas le réflexe d'une personne saine évitant de sombrer dans l'affliction. Simplement, sur le coup, il n'y avait ni affliction, ni panique, ni ressentiment puisque j'avais déjà oublié. J'ai refermé la porte et je l'ai entendu chuchoter: Élisabeth. Comme si mon prénom pouvait lui parler. Peut-être même lui révéler une vérité incomprise. Pourquoi il s'en allait. Pourquoi je me taisais. Pourquoi l'humanité était toujours, encore, et à jamais engloutie dans la boue. Et pourquoi, j'imagine, cela nous empêchait d'être nous-mêmes. Il a prononcé mon prénom avec une douceur infinie, presque cruelle. J'ai entendu cette douceur, et j'ai fermé les yeux pour essayer de la retenir. Je savais que l'oubli m'attendait; il faisait partie de mon être, plus exactement de mon corps, depuis le commencement.

Il y avait une cache dans ce corps par où des journées entières disparaissaient. Plus je vieillissais, plus cela me faisait mal. Je vivais dans une maison étrangère. Limitée par mon propre moi et par l'ignorance. Et, à cause de cette ignorance, trop souvent projetée en dehors du monde.

Je me retrouvais donc seule, au milieu d'un appartement à moitié vide. Ne restait que le strict minimum : un lit, une petite table de chevet, des appareils ménagers, un fauteuil, une télévision.

Jim avait insisté pour un partage plus équitable des objets, mais je n'avais rien accepté. Maître d'œuvre d'une étrange chorégraphie, il avait emballé puis emporté un à un chaque meuble, avec des gestes d'une précaution étonnante. Je savais qu'il les mettrait au garde-meuble et qu'il s'envolerait dès que possible pour un autre pays. Je l'avais observé, avec le regard curieux et incrédule d'une enfant devant un spectacle de magie. Tables, chaises, tapis : tous ces objets au bout de ses bras avaient acquis une telle légèreté. Une telle autonomie. Je les voyais s'élever du sol, ils glissaient des mains de Jim, ils voltigeaient autour de lui, et puis s'enfuyaient d'eux-mêmes. Ce spectacle revêtait un sens plus précis que tous les départs de Jim, même celui-ci.

Les larmes pesaient certainement plus lourd, et mon premier souhait, tout de suite après son départ, était d'en retrouver la saveur. J'ai toujours pensé que c'était un privilège d'accueillir dans sa peau les larmes d'un autre. Jim avait pleuré – il y avait de cela longtemps – son visage collé contre le mien. J'avais goûté ses larmes. Moment de joie insupportable. Communion. Repentir. Mais les larmes avaient, elles aussi, glissé dans la cache. Ce qu'elles m'avaient appris, je

12

ne le savais pas assez fort. Ce monde qu'elles avaient soudain éclairé m'échappait à nouveau.

Un climat étrange régnait dans l'appartement, à part le fait qu'il était presque vide, et j'ai mis du temps à comprendre d'où il venait. Jim avait laissé tous les miroirs qu'il m'avait offerts, accessoires de culte féminin, comme il les appelait parfois en se moquant. À mes yeux, les objets ont un sexe, de la même façon que les animaux ont une âme, et Jim profitait de la moindre occasion pour tourner ces croyances en dérision. Mais que pouvaient bien refléter tous ces miroirs dans un appartement à demi vide? J'entrais dans une pièce, et ma silhouette était la seule chose qui se détachait des murs. Elle apparaissait, et lorsque je quittais la pièce, elle s'évanouissait pour réapparaître ailleurs.

Dans la vie que je laissais derrière, j'entretenais une passion de collectionneur pour les montres, les horloges et les globes terrestres. Leur présence clignotait comme des feux de signalisation. Ils prenaient la mesure du monde. Les miroirs en faisaient partie, mais dans une catégorie à part. J'aimais croire qu'ils produisaient, par leur seule existence, une sorte d'humanité dédoublée. Je savais aussi que les miroirs sont les emblèmes de la séduction et de l'érotisme dans l'art de l'amour au Moyen Âge. Cet art, je l'étudiais depuis des années. Jim aimait cette idée: il m'offrait des miroirs, comme autrefois l'amant courtois, dans un geste complice et surtout plein de désir. Mais quand je m'y regardais, je ne trouvais pas ce que je cherchais. De moins en moins, en fait. Jim le savait. Ce corps pris en défaut, ce n'est pas moi, je lui disais. De toute évidence, il ne me croyait pas. Ne me parle pas de l'âme, répondait-il. Les miroirs étaient le reflet le plus joyeux du désir et de la féminité. C'était tout. Il les avait laissés là : à moi de me débrouiller avec mon image.

J'ai décroché du mur ceux qui ne servaient à rien. Je les ai enveloppés dans des journaux, et les ai jetés dans un grand sac. J'ai laissé en place celui de la salle de bain, inévitable, et celui de la chambre. Massif, en bois ouvragé, ce dernier se dressait dans l'encoignure, m'intimidant et m'attirant plus que les autres. J'avais toujours senti qu'il possédait une donnée troublante : le pouvoir d'indiquer l'avenir. Ton corps est plein de ressources, disait Jim. Il m'enlaçait, m'emmenant doucement devant ce miroir. Il voulait que je regarde. Ce corps est fait pour l'amour, disait-il encore. Je regardais, sauvée par mes yeux de myope. Je grimaçais.

Devant ce miroir, je grimaçais encore. J'en voulais à Jim. Il m'avait joué un tour. Ou peut-être voulait-il seulement continuer à se rappeler à moi ? De toute façon, j'étais prête à m'ouvrir à ce souvenir : Élisabeth et Jim devant le miroir. J'espérais qu'il en entraînerait d'autres et que l'amour donnerait une profondeur au passé. Il y aurait des dates importantes, une série de chiffres, des mots, des phrases complètes se transformant en récit. Surtout reviendrait le tout début, le lieu du désir sur les ruines duquel certains peuvent vivre durant des années.

J'attendais. Mais les souvenirs restaient figés, sans connaissance. Je n'avais accès qu'à leur surface. Ainsi, seul le miroir voulait parler. L'avenir, c'était maintenant. L'amour, c'était autre chose. Mais je refusais encore d'aller plus loin.

La pièce où je travaillais était restée intacte. Livres, cahiers et talismans, tout était là, identique sans l'être, comme si cette pièce avait été sauvée d'un désastre, en bloc, et qu'elle appartenait désormais à une autre réalité. Sur les murs, j'avais épinglé des reproductions d'œuvres d'art et d'enluminures que je changeais au fil de mes recherches. Elles portaient sur la représentation du corps dans la littérature médiévale. Ironie évidente selon Jim, puisque j'avais une perception si mauvaise du mien. Peut-être avait-il raison? Peut-être aussi qu'aucune perception n'était bonne. Mais c'était mon métier de chercher, et cette question m'avait toujours intéressée. *L'enveloppe du corps est la plus profonde des clôtures*: cette seule phrase laissait deviner des racines de significations qui s'étaient frayé un chemin jusqu'à moi. Je la saisissais plus que toutes les certitudes sur l'union ou sur la séparation du corps et de l'âme. Le corps est ce qui nous sépare du monde, de même que la chair est ce qui nous y relie, avais-je appris. Je fouillais dans les écrits de l'époque: songes, fictions, visions, règles de vie destinées aux épouses. Je m'entendais bien avec les morts. Ils m'offraient une contrepartie à la fois mystérieuse et plus que réelle au monde visible. Cette pièce leur était, d'une certaine façon, dédiée. En mon absence, ils pouvaient se manifester et se parler entre eux, dire ce qu'ils ne voulaient pas me dire à moi, égarée dans le monde des vivants.

— Que font les morts aujourd'hui? me demandait parfois Jim.

— Ils se lavent les pieds.

D'aussi loin que je me souvienne, j'ai toujours été fascinée par ce type de détails. J'entends l'eau couler sur les pieds, le froissement du linge qui les essuie.

Chant merveilleux. Les murs de pierre gémissent, les mains se joignent, les rêves indéchiffrables retournent à la nuit. C'est que nos propres gestes ont commencé bien avant notre naissance.

Avec Jim, cette pensée me traversait parfois jusqu'au vertige. Je m'approchais de lui dans la pénombre; avec lenteur, je détachais un à un les boutons de sa chemise. C'est toujours à ce moment que la pensée se manifestait : je fermais les yeux, renversais la tête en arrière. Je n'étais plus seulement Élisabeth, mais toutes les autres à la fois. Tant d'amantes avaient fait ce geste avant. Elles m'entouraient de leurs chuchotements. J'étais seule dans le désir incommunicable, et multipliée par le sentiment de cette présence infinie. Jim adorait me voir partir ainsi. Il me ramenait de l'au-delà avec l'impression de profaner mon corps. C'est mon âme, je lui disais. Il souriait, vaincu : j'avais gagné un point. C'était un jeu, bien sûr, mais dans ce jeu, il y avait un scénario idéal pour moi. J'ouvrais les yeux pour le voir jouir. Le sang giclait dans ma tête.

Les épouses s'endorment seules et dans le silence, je lui disais ensuite. Il se levait, se rhabillait pour me laisser cette fois tout à fait seule. Car s'il y a une loi qu'il ne faut pas enfreindre, c'est la loi du secret et de la solitude.

J'ai longtemps vécu dans l'attente de ces moments. Ce n'est pas une chose que l'on avoue facilement. Aussi, je ne le savais pas. Tout au long de la journée, des soirs, des semaines entières, je l'ignorais. Je travaillais. J'étais distraite. Accaparée par ma mission sur terre qui était de comprendre et d'expliquer. Jusqu'au moment choisi où j'entraînais Jim dans la pénombre.

C'est toujours là qu'une chose fondamentale était sur le point de parler.

Mais Jim était parti et j'ignorais encore si cette chose avait été dite. Parce que si elle avait été dite, son départ ne reposait sur aucune vérité.

Je me suis assise à ma table de travail et je suis restée là, sans bouger. Je cherchais la phrase qui couvrirait, tel un vêtement, telle l'obscurité qui m'enveloppait peu à peu, ce que nous venions de vivre. Je ne trouvais pas. C'était la fin de l'amour. La manifestation de cette fin n'avait pas de raison d'être : elle était là, elle était, sans ornement. Elle s'accordait avec la réalité futile et mortelle. Demain, on me demanderait ce qui s'était passé, et je ne pourrais pas répondre. Je ne pouvais rien expliquer.

Soudain, cette idée m'a fait sourire. Si elle m'avait déjà semblé inconvenante, impossible même, elle était devenue aussi tranchante qu'une lame de rasoir.

2

La plupart des êtres qui peuplent notre vie tiennent à laisser des traces derrière eux. Des rappels de leur existence. Des objets de résurrection. Ma mère, juste avant sa mort, avait fait une liste et elle m'avait obligée à choisir. Elle espérait que je garde sa bible, et c'est ce que j'avais fait. Une grande bible bleue aux pages bordées d'or respirait dans ma bibliothèque. Elle me rappelait à mon enfance. Le souffle de Dieu séparant le ciel et la terre, la nuit et le jour. L'arbre de vie, et l'arbre de la science du bien et du mal. Le déluge. La mort des petits garçons. L'escalier et les anges dans le rêve de Jacob. Pour le reste, j'avais trahi ma mère : dans un moment de folie, les bijoux, la porcelaine, l'argenterie, tout avait été dispersé.

Jim, lui, m'avait laissé des miroirs, et d'autres objets, que je découvrais jour après jour. Une photographie de nous deux dans une chambre d'hôtel. Le disque d'un compositeur polonais qu'il m'avait fait découvrir. Des mots d'adieux remplis d'ambiguïté. Je les plaçais sur une table, et j'essayais d'en retirer la substance.

Une série de lettres dans une boîte : c'était l'absence de Jim. Ses nombreux voyages de photographe pendant lesquels l'amour transmigrait sans cesse d'une forme à une autre. Les déserts, les animaux sauvages, le manque.

Une montre de poche: les mains de Jim. Ses attentions amoureuses lors de toutes les catégories d'anniversaires.

Un chandail usé au collet: le corps de Jim. Sa façon particulière d'user les vêtements, de les mettre, de les enlever.

J'enfilais le chandail pour que la sensation du corps de mon amour se redépose sur le mien. Elle m'avait été enlevée, et je voulais la reprendre. Mais cela ne durait que quelques heures. À l'intérieur de ces heures, à peine un éclair d'émotion pure. Puis la sensation s'évaporait, le chandail collait à ma peau et devenait mien. Un objet parmi les objets.

J'étais de plus en plus agacée. Un fil si ténu et désincarné m'attachait au passé tandis que le présent n'était jamais assez présent. Je pensais aux serpents qui quittent leur peau et la laissent sécher au soleil derrière eux. Le présent se tenait peut-être là, dans l'instant précis où l'ancienne peau se recroqueville alors que le serpent commence à s'éloigner.

Si je tentais de me souvenir, c'était parce que je n'étais pas prête moi non plus à perdre mon identité. Une identité déjà si faible, il me fallait bien l'admettre: de mon enfance, il ne me restait que des images vagues. J'avais beau faire des efforts, je n'arrivais pas à me situer. Je ne voyais pas mes parents, je ne voyais pas la cuisine, le salon, la couleur ambiante, je ne me voyais pas. Si j'attendais assez longtemps, j'entrevoyais parfois des lumières dans un arbre de Noël. Elles oscillaient comme sous l'effet d'une caméra sous-marine. Trois personnages battaient des mains et souriaient devant l'objectif. Regards brouillés. Contours flous.

Pendant des années, j'en ai été bouleversée. J'avais réussi à rendre plus tangibles certaines parties du passé de l'humanité que mon propre passé. J'imaginais parfaitement bien l'emplacement et les couleurs d'une tapisserie dans un monastère. Je croyais comprendre la portée du geste de celles qui l'avaient tissée. Mais je ne me rappelais ni la couleur, ni les motifs des tapis qui avaient orné le plancher de notre salon. L'enfance dépose en soi les petites pierres qui prendront plus tard la forme de notre vie. Mais je ne retrouvais pas le chemin tracé par ces pierres. Ce que j'avais vu, appris, vécu n'avait fait que frôler la surface de ma peau et s'était peut-être perdu à jamais.

Enfant, déjà, je voyais cela comme une faiblesse, presque une maladie. Ma mère m'emmenait au musée : je m'exerçais à plus-que-voir, voir tellement que s'imprimeraient en moi non seulement les couleurs et la texture des tableaux mais surtout l'émotion éprouvée devant la beauté. Je voulais emporter la petite communiante peinte par Joris Smith. Ce qui m'était interdit, poser la main sur le tableau, goûter la matière, entrer dans l'image, creusait au fond de moi un besoin irrésistible. Je voulais toucher ce personnage qui ressemblait à une triste fiancée pour l'aimer plus longtemps encore. Mais ce n'était pas tout. Il fallait aussi qu'elle me communique un savoir sur l'art. Cette robe blanche, et ce sombre rouge, ces yeux sans lumière : je voulais être certaine de ce qu'ils disaient. Mais tout ce que je ramenais à la maison, c'était sa solitude à elle, confondue à la mienne. Chaque fois, je manquais à ma tâche qui était de me perdre pour comprendre les autres. Je n'avais pas bien appris à regarder. J'étais comme tous, remplie de pensées incohérentes, de visions instantanées, de scènes futiles camouflant d'autres scènes.

Mes parents m'enseignaient l'Histoire et la vie de tous les peuples qui tentent de survivre sur la terre. Ils parlaient de famines, de génocides, de révolutions. La vie ressemblait aux images apocalyptiques de la bible de ma mère. Le ciel se remplissait d'anges musclés et de paroles menaçantes. Les hommes et les femmes étaient précipités dans l'enfer, là où meurt tout espoir.

Ma mère disait que nous étions sur terre pour aider les autres. Elle s'occupait des pauvres, et parfois de réfugiés qui arrivaient au pays. Des bribes de leur vie se rendaient jusqu'à moi: frères assassinés au Chili, sœurs torturées, parents disparus. Leurs voix s'ajoutaient aux autres voix auxquelles j'aurais voulu me joindre. Je l'accompagnais lors de ses visites où elle leur apportait des vêtements, de la nourriture, des paroles remplies de réconfort. Je restais derrière elle, regardant, ne sachant pas s'il fallait manifester ma présence, s'il était convenable de sourire à tous ces gens que je ne connaissais pas.

— Quand le mal a-t-il commencé?

C'était la question que je posais sans cesse à ma mère.

Elle mettait la main sur mon front, caressait mes cheveux.

— Personne ne sait ça, Élisabeth.

Mon père, lui, connaissait des détails incroyables sur les navires de guerre, les paquebots, les naufrages. Cette fois, des milliers d'inconnus étaient engloutis dans les océans. Des lits, des coffres, de la vaisselle, des objets intimes flottaient dans un instant de grâce, comme les meubles autour de Jim, et puis ils coulaient. J'écoutais, dans l'effroi de tout oublier. Mais comment garder toutes ces histoires vivantes? Ma pensée dérivait elle aussi puis se fixait immanquablement sur un unique détail. Par exemple, une petite sirène de bois qui avait dormi pendant trois cent vingt-huit ans dans la vase. Sculptée par un artiste hollandais pour décorer un navire, elle avait coulé avec lui, c'était son destin. Puis elle avait dormi toutes ces années, et un jour, on l'avait ramenée à la surface. Mon père continuait à parler de sujets beaucoup plus graves et importants; je ne voyais plus que le sourire de la petite sirène, ressuscitée d'entre les morts.

Je réclamais des photographies de mon père habillé en soldat. Je cherchais celles de ma toute petite enfance. Où était l'instant où j'avais appris à marcher? Et celui de la révélation de me savoir en vie? Mais il y avait si peu de photographies: nous, nous n'étions pas importants. C'est la foule des autres qui l'était. Une foule avec un cœur qui battait parfois dans l'allégresse, surtout dans la souffrance. Et la moindre des choses, c'était de savoir et de se rappeler.

Allégresse: tous les noms d'arbres, d'oiseaux, le nom des nombreuses espèces d'animaux, des lacs, des montagnes et des humains qui grimpent jusqu'à leur cime; le nom de l'amour.

Mais même cela, et même en vivant cent ans, je n'en connaîtrais jamais qu'une infime partie.

J'en voulais à ma mère: Dieu s'était séparé de l'homme; il avait séparé les êtres du paradis, et il les avait jetés dans l'enfer de l'ignorance.

Une semaine s'était écoulée depuis le départ de Jim. Je continuais mes recherches sur les mots des autres. Je lisais, passais des heures à reconstituer certaines scènes. Comme lorsque j'étais petite, je devais faire un effort pour me concentrer sur les aspects essentiels de mon travail. Tout au long de mes études, il en avait été de même. Une idée en touchait une autre, un détail miroitait, puis en dévoilait un autre. Les correspondances me semblaient infinies.

Je n'avais envie de parler à personne. Je ne sortais que pour aller donner mes cours. J'avais toujours hâte de rentrer.

Je pensais sans cesse à mon enfance. Je pensais à Jim. Ces éléments du passé se confondaient jusqu'à devenir interchangeables.

À tout instant, j'éprouvais la surprise de la solitude. Un soulagement mêlé de curiosité. Je pouvais le traduire dans ces mots : j'avais aimé Jim à la folie et j'étais enfin seule. Les éléments de la phrase n'entraient pas en contradiction. Ça n'avait pas de sens, mais c'était ainsi. J'étais entourée d'une sombre forêt dans laquelle tout ce qui comptait disparaissait un beau jour. Même si je résistais, cette forêt m'attirait à mon tour.

Dans l'enfance de Jim résidait un segment de l'Histoire, mêlée à sa légende personnelle dont je ne savais presque rien. Il n'en faisait jamais le récit. Je caressais sa peau en espérant trouver une blessure, un détail concret auquel me raccrocher. L'exil avait beau durer, le petit garçon se trouvait sûrement quelque part. Jim lisait en moi. Il me repoussait. N'essaie pas de me consoler, disait-il.

Jim rêvait à la mort de ses parents en Irlande. Il se rendait à l'enterrement et au moment de jeter la terre sur les cercueils, au moment où il croyait être enfin délivré, il tombait dans la fosse. Il se réveillait, puis, calmement, se levait pour écrire à sa sœur. Je restais à l'écart, dans le rôle d'une figurante. Mon cœur palpitait dans le noir, jusqu'à ce qu'il revienne s'étendre à mon côté.

Voilà un souvenir qui n'avait pas pu être enfermé dans un objet. J'aurais voulu changer d'enfance avec Jim. Prendre sa place dans l'adversité et réparer une faute. Au moins une. Ne plus être coupée de Jim, c'était ça. Et je n'y étais pas arrivée.

Ma propre enfance était douce et froide comme une nouvelle neige. J'ai longtemps cherché un événement plus sombre, j'ai fait le compte des morts dans l'espoir de trouver ce qu'ils avaient pu m'enlever, comment ils avaient pu nourrir la source d'où jaillissait mon chagrin. Il devait bien y avoir autre chose que l'imagination et les rêves. Une perte, peut-être minime, mais plus tangible que ma longue guerre au Viêt Nam, par exemple. Je questionnais mes parents. Comme dans toutes les familles, il y avait eu des morts. Des tantes malades, des cousins lointains noyés. Certaines morts, plus violentes, avaient créé des images immédiatement entreposées dans la partie de mon cerveau qui contenait déjà les guerres, les massacres et les maladies. Mes parents étaient orphelins, et ce qui m'attristait bien plus que la mort de mes grands-parents, qui m'étaient presque inconnus, c'était leur tristesse à eux au retour des funérailles. Une tristesse qu'il fallait deviner, pudique, tels des indices trop bien inspirés dans un jeu de société. Mais que m'était-il arrivé à moi ? Mon chagrin n'était pas justifié. Rien n'était vrai. Ce qui l'était, c'était mon enfance heureuse et le péché qui en découlait.

Le monde tel que je le voyais enfant était divisé en deux parties inégales : ceux qui souffraient, et ceux qui ne souffraient pas. Les histoires racontées par mes parents me le confirmaient sans cesse. J'avais des jouets de petite fille, des poupées sans pensées accompagnées de vêtements inutiles. J'étais aveuglée par une chambre trop grande, de la nourriture trop abondante, et surtout des parents bien vivants et trop gentils, qui m'aimaient et me le répétaient jour après jour. Je faisais ma prière en pensant aux autres petites filles qui n'avaient rien. Était-ce à cause de moi qui avais tout ? Comme la petite sirène, je me voyais parfois couler dans l'eau profonde, objet insignifiant laissant s'accumuler sur lui des strates de sens et de mystère avant d'acquérir le droit de remonter à la surface.

Mon lieu de travail était inondé de lumière. C'est ainsi que je l'avais toujours voulu. J'aimais la clarté : c'était une des notions qui me définissaient aux yeux des autres. Je vivais au troisième étage, et cette chambre, vu sa position, n'avait pas besoin de rideaux. Les branches d'un grand arbre me saluaient tous les matins.

Le huitième jour après le départ de Jim, j'ai ouvert la porte de mon bureau et toute cette clarté m'a semblé intolérable. Dans les textes que j'étudiais, on décrivait parfois les yeux, la bouche, les oreilles comme des fenêtres par lesquelles on pouvait prendre le goût du monde et de ses vices. La femme était souvent considérée plus vulnérable que l'homme à la corruption.

Il lui était prescrit de se tenir le plus recluse possible en sa chambre. Il fallait la protéger. J'étais debout devant ma fenêtre ouverte, le vent caressait mon visage, et je pensais à cette étrange et ancienne idée. Ici, au contraire, c'est la fenêtre qui me protégeait depuis toujours. Mais toute cette lumière venait de se transformer en un poids qui me tenait à l'écart et m'empêchait d'aller plus loin.

Enfant, je croyais que c'était par les trous de ma peau que le monde s'enfuyait. Dès qu'une parcelle de ce monde entrait, elle fuyait par mes pores. Je cherchais le moyen d'enfermer mon âme dans mon corps. Puis de faire coïncider cette âme enfin pleine et savante avec ce corps incompréhensible et inachevé. Je voulais souffrir moi aussi. Je croyais que la souffrance rendait immortel et justifiait l'existence. Cette histoire enfantine avait fait son chemin, j'imagine. Et maintenant, j'avais besoin d'obscurité.

Dès l'heure d'ouverture des magasins, je suis sortie pour acheter ce qui manquait.

Avant de poser les rideaux, il me fallait repeindre les murs. J'avais choisi un vert presque noir, le vert de ma forêt. Je travaillais sans réfléchir. Il faisait chaud. L'odeur de la peinture se mêlait à celle de ma peau humide.

Ma tâche achevée, je me suis étendue par terre et j'ai laissé toute cette densité m'envahir. J'étais épuisée. Le bureau tranchait sur le reste de l'appartement: une enfilade de pièces claires et invitantes. Chaque fois que j'en aurais le désir, il me suffirait de traverser ces régions limpides pour rejoindre ma nouvelle opacité. L'espace où je vivais n'était plus aussi lisse, il abritait dorénavant un contraste brutal qui me ravissait.

3

— Jim est parti.

Mon père a détourné la tête. Ses mains se sont tranquillement posées sur ses cuisses. Il regardait par la fenêtre.

— Alors te voilà seule toi aussi.

C'est ce que j'avais redouté. Il me traitait comme une veuve.

Quelques années après la mort de ma mère, mon père s'était enterré vivant dans un hospice de luxe au bord de l'eau. Il était beaucoup trop jeune pour vivre dans un tel désert. Il n'y était pas à sa place. Je l'avais supplié longtemps pour qu'il change d'avis, mais sa décision était prise. Mon père est un entêté. Si la mort doit venir, qu'elle vienne au plus vite, disait-il. Il n'y a pas de meilleur endroit qu'ici pour repérer un candidat à la mort.

Il disait ça, puis éclatait d'un grand rire. Détachement. Désinvolture. Ces mots me venaient de suite à l'esprit. Il se désintéressait de sa propre condition et, par le fait même, de sa fille.

Le rire désespérant de mon père ne s'était vraiment manifesté qu'après la mort de ma mère. Ma mère, croyante et remplie d'amour, ne supportait aucune ironie. Aucun haussement d'épaules. Pour elle, tout pouvait être sauvé. Même mon père. D'ailleurs, il l'était dans un sens, puisqu'il l'aimait. Il l'écoutait et l'appuyait dans ses actions humanitaires. Il remplissait des boîtes et signait des lettres pour la libération de prisonniers politiques. C'est quand il retournait sur l'eau qu'il perdait la foi, je suppose. Les cargos sur lesquels il travaillait allaient parfois chercher des marchandises dans des pays si lointains à mes yeux d'enfant. Mon père devenait un personnage; il rejoignait provisoirement la compagnie des pèlerins de l'Histoire. Ceux qui avaient une mémoire. Lointain, comme les autres, il risquait de s'effacer de la mienne. À son retour, il me parlait du fleuve agité. Il inventait des tempêtes, il décrivait des pays qu'il n'avait sûrement jamais le loisir de visiter. Ensuite, il faisait pour moi sa petite prière :

— Rester debout sur le pont, trouver son chemin, Élisabeth, c'est tout ce qui compte.

J'ai cru qu'il avait été amoureux d'une autre femme après la mort de ma mère. Une femme belle et forte avec qui il semblait prêt à refaire sa vie, comme on dit. Et puis, un jour, il avait tout laissé tomber pour s'enrôler dans la vieillesse. Attendre la mort, c'est le rôle des vieux: voilà tout ce qu'il avait trouvé à dire.

Mon père s'est levé pour me servir un verre de cognac. C'était l'heure de trinquer à notre solitude.

Nous sommes ensuite descendus à la salle à manger. Nous avons transporté nos petits cabarets remplis de nourriture fade jusqu'à notre table. Les autres pensionnaires nous suivaient du regard; ils nous souriaient et mon père leur envoyait la main comme si nous faisions partie d'un défilé. C'était chaque fois la même comédie.

Mon père a déposé son cabaret. Il s'est rapproché, a pris le cabaret de mes mains pour le placer en face du sien, et il m'a chuchoté à l'oreille: Bienvenue dans la nef des fous! Il faisait référence au poème de Sébastien Brant dont il m'avait demandé de lui lire des extraits la semaine précédente.

Je n'avais pas envie de rire.

Je me suis assise et j'ai entamé mon repas en essayant de faire abstraction de l'endroit où j'étais. Sa nef des fous! Mais ici, tout ressemblait à un purgatoire. Il n'y avait ni vraie folie, ni vrai péché. Seulement des témoins en train de disparaître. Notre corps se régénère section par section tout au long de notre vie: c'est un fait que je n'avais appris que très récemment en écoutant un documentaire à la télé. L'animateur avait employé une image qui m'avait bouleversée: notre corps se copie lui-même, et si nous vieillissons, c'est parce que les copies sont de plus en plus pâles. C'est à ces fades reproductions que je pensais en mangeant avec mon père.

— Et tes étudiants, comment sont-ils?

Il savait ce que j'avais en tête, et s'il me posait cette question, c'était pour m'empêcher de parler de lui.

— Je vais arrêter d'enseigner, papa.

J'ai levé les yeux vers mon père, attendant sa réaction, surprise moi-même par ce que je venais d'annoncer. Je ne l'avais jamais envisagé avant, et je ne savais pas pourquoi je l'avais dit, et ça n'avait pas d'importance. Je l'avais dit, c'était assez. À notre époque où le seul fait d'avoir un emploi fait envie, penser à le quitter, et par surcroît l'affirmer, c'était déjà se rendre coupable et suspect.

— Mais pourquoi, Élisabeth?

— Parce que c'est inutile.

Mon père a hoché la tête : il croyait que je me moquais de lui, que je prenais à mon compte son ironie. J'ai répété pour qu'il comprenne bien.

— Tu ne comprends pas. C'est vraiment inutile.

Il m'a lancé un regard dur.

— Ce n'est pas ce que dirait ta mère, en tout cas.

Bien sûr, puisque pour ma mère l'enseignement équivalait à une forme de dévouement. Mais ma mère ne pouvait pas savoir, ni mon père, ni même Jim. Chaque fois que j'ouvrais la porte d'une classe, j'avais l'impression d'être avalée. J'entrais tout de même puisque j'y étais obligée. Je marchais jusqu'à mon pupitre. Et durant cette seconde, la même scène se déroulait immanquablement devant mes yeux : j'étais debout face à mes élèves lorsque, soudain, les livres glissaient de mes bras, et lentement, comme une tour qui s'effondre étage par étage, je tombais par terre, évanouie. J'avais tenu pour acquis que cette scène émergeait de la peur. J'ignorais jusqu'à ce jour qu'elle pouvait aussi illustrer un désir.

— J'ai toujours la sensation de lutter contre eux.

— Mais pourquoi ?

— Pour qu'ils ne voient pas ma faiblesse. C'est comme marcher contre le vent. Tu comprends ?

— Tu es fatiguée.

Nous avons continué à manger pendant que la salle se vidait. Mon père était toujours en retard à l'heure des repas : il arrivait et repartait le dernier. C'était à cause de l'ascenseur : il ne voulait pas s'y entasser avec les autres. Que chaque instant de la journée devienne une expérience commune, mon père s'y refusait encore. Il n'avait pas tout à fait abdiqué.

Notre banc nous attendait devant le fleuve.

Je cherchais quoi dire, et je me suis mise à lui raconter en détail comment j'avais repeint mon bureau. Mon père a commencé à me poser des questions. Il voulait s'assurer que le travail avait été bien fait. Est-ce que j'avais bouché les fissures? Est-ce que j'avais mis une couche d'apprêt? Il me reprochait de ne pas l'avoir appelé. Mon père cherchait toujours le moyen de m'aider. La peinture, les réparations, la construction, c'était une sphère d'action parfaite pour nous deux: chacun y avait sa place, lui le père, moi la fille, tous deux en train de dompter les volumes, l'espace, les matières. Les problèmes concrets, il pouvait les résoudre. C'est ainsi qu'il restait en équilibre sur le pont, dans un monde dont la structure fragile lui laissait croire qu'elle était à sa merci et que tout reposait sur lui.

— J'ai quarante ans, papa. Je suis sûrement capable de repeindre une pièce!

Je savais bien que ça n'avait rien à voir avec mon âge, mais dire cette phrase faisait partie du rituel.

— Ce n'est pas une question d'âge, Élisabeth.

— Je sais. Tu voulais simplement être utile. Et moi, est-ce que je t'ai déjà été utile?

Je regardais mon père: un homme assis dans une chambre, et le vide tout autour, le vide car presque tous les objets de son passé étaient absents, car rien ne lui ressemblait ici – enfin, c'est ce que je voulais croire – et je ne savais pas quoi faire pour l'aider. Je ne savais plus qui il était.

Mon père a soupiré, agacé. Puis il a pris ma main dans la sienne.

— C'est bien ici, Élisabeth. C'est parfait, la chambre, le vide, les arbres et le fleuve. C'est moi. Je te jure que c'est moi.

Il me répétait la même chose depuis des années et je devais cette fois comprendre que si c'était lui, tout ça, c'était aussi une partie de ma vie. Il fallait que j'accepte de le voir ainsi. Mon père, confondu à l'idée d'une chambre, du vide, des arbres, du fleuve.

Il existait dans l'univers deux planètes en orbite, et c'étaient nous, séparés, abandonnés et reliés par une force invisible.

Cette vision me rapprochait de la tristesse inexplicable que j'éprouvais certains soirs en marchant dans la rue. Je levais la tête et regardais les édifices où vivaient toutes ces personnes séparées les unes des autres par des murs et des corridors. C'était une version de l'humanité et la vue de toutes ces fenêtres éclairées me remplissait de chagrin. Mon père et moi faisions maintenant corps avec cette image imposant une solitude définitive et anonyme.

Il n'a rien dit. Et nous n'avons pas parlé de Jim non plus. Quand je me suis levée pour partir, mon père m'a seulement demandé si j'avais besoin de lui. J'ai souri.

Notre monde va disparaître. Cette idée me hantait chaque fois que je revenais de chez mon père. Je pensais bien sûr à notre monde à tous les deux. Lui, en mauvais capitaine, il avait quitté le navire avant le naufrage.

Je n'avais pas envie de rentrer. C'était rare : il fallait en profiter. J'ai fait un long détour et, ne sachant où aller, je me suis arrêtée à la bibliothèque de l'université où j'avais fait la première partie de mes études. Je me suis dirigée vers la petite salle où sont entreposés les manuscrits anciens. J'ai enfilé les gants blancs, et Lorraine, la bibliothécaire, a déposé sur la table le bréviaire de la Vierge Marie, la petite bible en papier vélin, ainsi que les Livres d'Heures. Lorraine travaillait dans cette salle depuis plusieurs mois, et elle avait vite cessé de me poser des questions. Si je venais me recueillir ici, c'était justement parce qu'elle ne me posait plus de questions sur mon travail. Elle devinait qu'il s'agissait d'autre chose. Mes mains gantées parcouraient les pages de parchemin, mes doigts touchaient l'écriture serrée et les bordures enluminées. Elle me voyait faire et comprenait, à sa façon. C'est pour toucher que je venais jusqu'ici. Pour me rappeler. Me réfugier.

En un sens, la place de Lorraine dans ce lieu semblait aussi inusitée que la mienne. Je n'avais jamais l'impression qu'elle y travaillait. Je la côtoyais sans la connaître, comme une voisine de palier. Dans une sorte d'intimité inavouée. Avec Lorraine, j'entretenais cette complicité inexplicable, ou plutôt, je la devinais : ce que nous faisions ici n'avait rien de fonctionnel. C'était lié à une fuite. Je ne savais pas encore de quoi la sienne était faite.

La phrase sur la disparition de notre monde, c'est Lorraine qui l'avait prononcée lors de notre première rencontre.

— C'est étrange, m'avait-elle dit, ces manuscrits ont été faits pour n'être lus que par très peu de personnes. Mais au bout du compte, ce sont eux qui vont rester.

Je l'avais regardée, surprise par ce que j'avais pris au début pour une sorte de confidence.

— Et aujourd'hui?

— Aujourd'hui, rien n'est fait pour durer. Nos livres, nos œuvres d'art, tout se désagrège. Notre monde va disparaître.

Elle avait dit ça sur un ton qui excluait toute implication humaine. C'était le résultat d'une simple observation. Aucune nostalgie n'émanait d'elle. Elle était retournée à son travail en me laissant seule avec cette phrase.

De retour à la maison, je l'avais décrite à Jim comme la bibliothécaire la plus pessimiste jamais rencontrée. C'était une si jolie formule. Je savais qu'elle plairait à Jim, même si elle était mensongère. Car c'était moi la pessimiste. Lorraine n'avait sans doute fait que décrire un monde concret voué à l'éphémère. Rien ne laissait pour l'instant supposer que cet éphémère était douloureux. Mais j'avais vu sombrer dans ses paroles toute notre existence vouée à la superficialité.

J'ai revu le monde concret de mon père.

Dans le placard étaient accrochés deux costumes, l'un pour l'hiver, noir, et l'autre pour l'été, bleu marine, un pantalon en velours côtelé beige et cinq chemises toujours bien repassées. Par terre, trois paires de souliers : des souliers noirs, lacés, modèle sobre, assez classique, des souliers sport, mais propres, et des vieux *running shoes*. Sur ceux-là, il y avait des taches de peinture. Son coffre à outils était placé juste à côté.

Dans la commode près du lit, il y avait tout ce qu'il faut de sous-vêtements et une foule de t-shirts bien pliés. Il n'y avait pas de pyjama. Mon père n'a jamais réussi à porter de pyjama, malgré la volonté de ma mère. Dans le tiroir du bas étaient placés les vête-ments de travail. Les mêmes depuis des années. Des vêtements mous, usés à la corde. Mon père les portait quand il accomplissait un travail manuel. Le plus sou-vent, chez moi. Toujours, en fait. Dans ces moments, il avait l'air plus vieux. Il s'aimait ainsi, dans sa vieillesse un peu fictive.

Une petite carte postale montrant une ville nor-dique était épinglée sur le mur, près de son lit. Que venait faire l'image de cette ville dans le monde de mon père? Je n'osais pas le lui demander, ni même retourner la carte.

Dans la salle de bains: serviettes, eau de toilette, blaireau, rasoir, etc.

Il avait gardé des livres d'Histoire, et celui sur les grands paquebots que je lui avais offert, plusieurs an-nées auparavant. Ils étaient placés sur la table du coin-salon. Il y avait aussi quelques revues et des romans policiers.

Le premier roman aperçu chez mon père, sur cette table, était une nouveauté qui faisait fureur à cette époque. Une histoire de glace et de meurtrier voleur d'identité. Cela m'avait complètement déconcertée. J'avais emporté ce livre pour le lire à mon tour. Tout au long de ma lecture, mon père, un homme différent, lisait à mon côté. J'ignorais avant ce jour qu'il lisait des romans policiers. Je ne l'avais jamais imaginé entrant dans une librairie, furetant, puis se décidant pour un tel roman. Ce fait si banal l'avait soudain éclairé, lui, d'une tout autre lumière.

Sur le petit secrétaire, il y avait des crayons à mine 3 B. Mon père n'a jamais écrit qu'avec des crayons de dessinateur. Sa calligraphie aux traits ronds et larges m'avait ensorcellée avant même que j'apprenne à lire. Il y avait aussi des cahiers noirs dans lesquels il prenait des notes à propos des transformations de la nature. Aussi, quelques observations sur mes visites. Rien de confidentiel : mon père écrivait juste pour écrire. Pour le geste. C'est lui qui le disait. Je voyais cela comme une sorte de livre d'heures. Le signe de sa présence ici-bas, aussi impersonnelle soit-elle. Il ne manquait que les prières. Mais mon père n'a jamais cru aux prières.

Au mur trônait un portrait de ma mère au fusain. À côté, une photographie de moi. Dans des cadres dorés, nous lui souriions.

Une bouteille de cognac. Une bouteille de scotch. Des jumelles.

Les propriétaires du Livre d'Heures que je feuilletais y avaient inscrit les dates et les heures de toutes les naissances survenues dans la famille. Le nom de chaque enfant et le nom des parrains. Mon prénom était inscrit sur une des pages. Quand j'y arrivais, il se profilait plus vite que les autres. Il apparaissait, à la fois plus lisible et encore plus étranger.

Mon père aussi avait inscrit mon nom sur une page de son cahier, tout de suite sous le nom de ma mère. Il avait écrit la date de mon anniversaire. Celle de l'anniversaire de ma mère, et la date de sa mort.

Sous mon prénom, il y avait celui de Jim. C'était notre arbre généalogique. La section humaine des transformations de la nature.

Ainsi, pensai-je, dans le monde concret de mon père existerait pour toujours, jusqu'à ce que le papier se désagrège, une inexactitude. Mon prénom resterait lié à celui de Jim.

Lorraine s'est assise en face de moi. Elle le faisait toujours au bout d'un moment et se mettait à me parler d'elle, de son travail, de sa famille.

Il s'agissait cette fois de ses enfants. Il était question du choix d'une école, de coups de couteau à l'entrée du métro, de l'inquiétude qu'elle éprouvait. Sa crainte s'était exacerbée dernièrement parce qu'elle avait entendu parler, elle aussi, des nombreuses écoles qui avaient été la scène de tueries sauvages. Les meurtriers étaient chaque fois vêtus de façon étrange : long manteau noir, masque, cagoule blanche, etc. Cela recréait instantanément de nouvelles visions de l'enfer : les jeunes chevaliers de l'apocalypse entraient dans l'école, ils criaient des injures, tiraient sur les élèves à bout portant puis retournaient d'où ils venaient. Ou bien ils mettaient fin à leurs jours. Ensuite, l'autre enfer pouvait commencer.

Elle insistait pour que je lui donne mon avis. J'essayais de la rassurer. Mais la seule certitude que j'avais, c'est que j'étais contente, soulagée, vraiment, de ne pas avoir d'enfant.

Elle parlait, je l'écoutais en continuant à caresser les objets sur la table.

En compagnie de Lorraine, j'avais la sensation d'être quelqu'un de nouveau. Ma relation avec elle ne me demandait rien d'autre : elle parlait, je l'écoutais, les morceaux de sa vie produisaient un son vif qui me plaisait. C'était un moment court et précis à l'intérieur d'un moment global et incertain. Mon identité ressemblait alors à celle d'une pierre.

Il se faisait tard. J'ai enlevé les gants blancs et je les ai remis à Lorraine. J'avais envie de l'inviter à prendre un verre, mais je savais que si cela se produisait, ces moments n'auraient plus jamais lieu. Je ne voulais pas lui parler de moi. À cet instant, je pensais ne plus jamais être en mesure de parler à qui que ce soit. C'était inutile ça aussi, présomptueux et toujours insuffisant.

En quittant Lorraine, j'ai réalisé qu'elle était la seule personne de qui je pourrais désormais me sentir un peu proche. Proche, je pensais physiquement. Concrètement. Avec mon identité de pierre.

Il y avait eu Jim, bien sûr. Il y avait mon père.

Et puis à côté, Lorraine, cette quasi-étrangère.

Les autres personnes, je n'arrivais pas à les toucher. J'étais retenue. Empêchée sans doute par la connaissance qu'elles avaient de moi. Jusque-là, on m'avait souvent prise pour une femme un peu froide. Même si cela faisait rire Jim, cette erreur me choquait. Ce n'était pas ça. Bien au contraire, tout ce qui me touchait me brûlait. Pour arriver à toucher à mon tour, il fallait que je traverse ce feu.

Je pensais à cette vie impersonnelle que s'était forgée mon père. La liste de ses biens le définissait à la fois si peu et si complètement. Tous ces objets, cet assemblage de tissus, papiers, bois et autres matières, décrivaient un sentier à travers le néant. Une vie humaine qui s'achève. Que ce soit la sienne ou celle d'un autre importait peu au fond. Sauf pour celle qui regardait.

Vie impersonnelle. Identité de pierre. Peut-être mon père avait-il raison ? Peut-être qu'il était bon de se laisser couler dans la vie. Peut-être que l'oubli était la seule vraie connaissance.

4

Je me suis mise à rêver.

Dans le premier rêve, la forêt avait envahi ma chambre. J'étais debout, nue, devant le miroir. Je voyais les arbres pousser. J'entendais des bruissements, comme si quelqu'un m'épiait au loin, mais dès que je me retournais, le bruit cessait. Je remarquais alors le manque : la peur manquait. J'aurais dû la ressentir. Elle était là, pourtant, entité bien vivante. Mais je n'en éprouvais ni le poids, ni la contrainte ; au contraire, la peur non ressentie m'excitait. Je voyais mon corps dans le miroir : il était en dehors de moi, comme la peur, comme l'autre, l'objet de désir. C'était un corps lascif qui s'offrait à ma vue. Ma main bougeait lentement sur mon sexe tandis que je voyais la main de l'autre dans le miroir. Mes hanches basculaient, la sensation changeait, puis changeait encore. Et tout devenait plus lourd, plus prégnant. La forêt, les figures du corps dans le miroir, mon rêve. J'entendais à nouveau le bruissement. Quelqu'un regardait et cette certitude m'excitait davantage.

Dans le deuxième rêve, Jim surgissait derrière moi au moment où la peur me souriait. Il tenait un livre à la main.

— Quelle sorte d'animal es-tu ? me demandait-il.

Il passait fermement sa main libre sur ma nuque, puis dans mes cheveux. Il portait une chemise de coton épais, et au moment où il m'enserrait de ses deux bras, je sentais avec bonheur le tissu rugueux sur ma peau. Je sentais le livre sur ma poitrine.

— Quelle sorte d'animal es-tu?

Il soufflait ces mots, les lèvres collées sur mon oreille comme un chaud coquillage. Je me retournais alors pour me laisser emporter par son regard plein de promesses.

— Est-ce une énigme? lui demandais-je à mon tour.

Il m'embrassait, et je commençais lentement à le déshabiller.

Ensuite, je lui ôtais le livre des mains, et quand je l'ouvrais, pour ma joie, pour ma très grande joie, et pour celle de Jim, des animaux miniatures s'échappaient.

Dans le troisième rêve, ma mère revenait du pays des morts. Elle accrochait une photographie au mur de mon bureau. Elle me disait de m'approcher.

— Regarde. Je l'avais oubliée.

C'était un portrait de moi lorsque j'étais une enfant de deux ou trois ans. Je fixais l'objectif en fillette obéissante mais qui, cette fois, peut-être cette unique fois, n'a pas envie de sourire. Je serrais une petite girafe dans mes bras. La photographie était en noir et blanc et elle dévoilait un moment de silence, de pure solitude.

— Où est passée la girafe?

Ma mère éclatait de rire, malgré le ton oppressé de ma voix.

— Mais je ne sais pas!

Et puis son visage devenait grave.

Ma mère s'assoyait sur ma chaise et pleurait.

— Et ton père ? Où est ton père, Élisabeth ?

Je voulais la consoler. J'étais terrifiée parce que je ne savais pas comment m'y prendre.

Ces trois rêves étaient inachevés et c'est peut-être pourquoi ils revenaient, le jour autant que la nuit. Ils comportaient certaines variations. Parfois, dans le deuxième rêve, Jim commençait à me pénétrer avant de me poser la question. Cette variation donnait au rêve un poids si réel que je m'éveillais dans la perception d'une véritable étreinte. Jim était en un sens plus présent que jamais. Je sortais du lit, de ma chambre, de l'appartement. Le rêve continuait. S'il ne continuait pas, je me déshabillais à nouveau devant le miroir pour que ma double vie renaisse. C'est ainsi que j'arrivais désormais à ressusciter des souvenirs non passés. Il y avait cette vision : je courais dans une forêt, petite tache claire se déplaçant à toute vitesse à travers le noir du feuillage. L'image de la jouissance, noire et fugitive, passait à ce moment comme un éclair dans mon cerveau.

J'avais donné un titre à chaque rêve : Le rêve de la vue, le rêve du bestiaire d'amour et Le rêve de l'éternité.

La vue : tout commence par les yeux. J'étais encore assez jeune lorsqu'un jour, chez des amis de mes parents, j'ai ouvert la porte d'un monde dont je n'avais jamais soupçonné l'existence. On m'avait laissée seule dans un petit boudoir et je m'y ennuyais. Jusqu'au moment où, à force de fouiller un peu partout, j'ai découvert un livre caché sous le divan. J'ai su tout de suite, même sans en connaître le contenu, qu'il m'était interdit. Juste en le touchant, mon cœur s'était mis à

41

battre plus vite. Il s'agissait de photographies porno-graphiques montrant de nombreux corps nus enlacés dans l'acte sexuel. Ces images étaient crues, elles me paraissaient hyperréelles, surtout à cause de la couleur des peaux : elles étaient lisses, compactes et à peine rosées, semblables à celle de mannequins. Mais voilà que passé l'étonnement et l'incertitude, j'ai compris que je pouvais aussi appartenir à ces images. Je n'avais qu'à fermer les yeux, puis à m'insinuer dans l'une des photographies. Il suffisait alors d'imaginer mon corps offert à la vue comme celui d'une autre. Si Jim aimait tant regarder dans le miroir, n'était-ce pas aussi parce qu'il y voyait un double de nous ?

L'éternité : je n'avais jamais vu ma mère pleurer qu'en rêve. J'entretenais depuis sa mort un dialogue avec elle, où elle finissait toujours par affirmer que j'avais encore beaucoup à apprendre. Ce n'était pas un blâme, au contraire, elle essayait de se rapprocher. Mais depuis longtemps, ces notions étaient liées dans mon esprit : ma mère, le savoir, mon ignorance. Cette fois, cependant, je comprenais autrement : ma mère pleurait. Dans l'éternité, au contraire de ce qu'elle avait toujours cru, elle avait besoin d'être consolée. Ma mère, revenue d'entre les morts, me dévoilait, tout comme la photographie de moi enfant, un moment de silence. Ce moment l'avait peut-être toujours définie sans que je m'en rende jamais compte. Et il était là, maintenant, dans l'éternité.

Le bestiaire d'amour : le livre que tenait Jim avait trois origines. La première, la plus ancienne, était le *Bestiaire d'amour* de Richard de Fournival, écrit au mi-lieu du XIIIe siècle. Ce bestiaire était présenté comme une longue lettre en prose de l'amant malheureux à celle qu'il aime. L'auteur s'était servi d'animaux pour illustrer diverses situations de conquêtes amoureuses à travers les thèmes de l'amour courtois. J'avais offert à Jim une version illustrée de ce texte qu'il aimait beaucoup. Le bestiaire commençait par l'énoncé d'une théorie de la mémoire et du savoir. Ce préambule me captivait. La mémoire y était décrite comme un pouvoir de l'âme que Dieu a offert à l'homme. Elle possède deux portes, la vue et l'ouïe, et chacune de ces deux portes mène à un chemin par où on peut avoir accès à elle : l'image et la parole. C'était donc pour se rappeler à son amour que l'auteur avait écrit et fait illustrer ce bestiaire.

Dans mon rêve, le livre tenu par Jim pouvait aussi trouver sa source dans mon enfance. Un des livres de notre bibliothèque familiale était un bestiaire intitulé lui aussi *Bestiaire d'amour*. Celui-ci possédait cependant une tout autre facture : le texte, écrit par un biologiste, expliquait la relation amoureuse chez les animaux, pour la plupart des insectes, et les multiples dessins représentaient des êtres étranges en train de s'accoupler. L'auteur tenait un langage à la fois scientifique et métaphorique, il parlait du phénomène de l'amour existant partout où il y a une forme de vie, même la plus primitive : cellules, bactéries, virus. Les deux premières phrases du livre étaient restées gravées dans ma mémoire : « Sous sa forme la plus primitive, l'amour se rattache directement à la prise de nourriture. Il est en quelque sorte une faim de tout l'être, et dirigée vers un semblable qui, ne lui étant pas tout à fait identique, offre l'attrait mystérieux de l'étranger. » Sur la couverture, on voyait de grandes libellules en train de s'accoupler. La fragilité de leurs ailes diaphanes et leurs longs corps rigides me donnaient une sensation de vertige. Cette image renfermait une contradiction que, petite, je n'arrivais pas à nommer. L'existence de ce livre chez mes parents constituait de surcroît, pour moi qui n'en comprenais pas tout à fait la teneur, une sorte de mystère. Une libellule semblait tenir la queue de l'autre dans sa bouche, et je croyais voir là, à cause aussi du mot amour écrit en rouge, une image interdite.

Jim s'intéressait beaucoup à ces écrits à cause de son travail de photographe-animalier. Il était fasciné par le comportement des animaux. Nous avions de fréquentes discussions sur les parallèles qu'il s'amusait à faire entre la vie humaine et la vie animale. Lui s'obstinait à croire qu'on pouvait trouver une source purement biologique à la plupart de nos comportements. Toute une partie de notre quête amoureuse était déterminée, par exemple, par la forme de notre corps et par la volonté de nous reproduire. Les diverses motivations venant s'ajouter ensuite, celles auxquelles je croyais, lui semblaient contredire ces motivations biologiques. Pour Jim, la beauté de l'acte sexuel résidait dans le fait de révéler à l'autre son aspect animal.

L'idée de faire son propre bestiaire lui était donc venue. Il avait commencé à photographier des animaux lors de leurs ébats. Il rapportait ses photos, et ensemble nous essayions d'en percevoir l'aspect humain. Projet difficile qu'il avait fini par laisser tomber.

Dans mon rêve, Jim tenait ce livre à la main. C'était sa façon de se rappeler à l'amour. Il me posait la question – quelle sorte d'animal es-tu? J'ouvrais alors le livre, et de petits animaux s'en échappaient. Nous étions au-delà du temps et de toute discussion. Ces animaux, il les avait photographiés pour la femme qu'il aimait. Il leur avait donné une âme. Il acceptait donc de parler mon langage.

J'avais transcrit ces rêves dans un cahier en croyant qu'ils me dicteraient ainsi leur message. Chacun d'eux possédait une clé qui le liait aux deux autres. Ils étaient liés : voilà tout ce que j'arrivais à comprendre.

Il n'y avait pas de mystère pourtant, seulement une liste de mots croissant à toute vitesse comme des arbres fous dans ma forêt. C'était si concret, si proche, si palpable. La peur non ressentie, le souffle dans mon oreille, la petite girafe... ces mots me conduisaient à une autre existence, sans repères. Elle était la défaite de ce qui avait jusque-là fondé ma vie.

Parce qu'elle était mienne, ma vie d'avant ressemblait à une perle trouvée dans une huître. Des couches de perfection enrobaient un grain de sable, une sorte d'erreur vitale. Mon prénom, mon appartement, mon travail, mon amour, chaque couche était plus dure et plus brillante que celle qui la précédait.

La planète qui tournait autour de celle de mon père était pleine et encombrée. Même les vides laissés par Jim étaient pleins. Tous ces objets avaient laissé la trace de possessions qui finissaient immanquablement, un jour ou l'autre, par me peser. Avoir : ce verbe conjugué à la première personne n'était-il pas une preuve trop lâche de mon appartenance à l'espèce humaine ?

La femme qui vivait dans cet appartement avait eu des meubles comblant le moindre espace qui montrait une imperfection. Les couleurs claires et joyeuses, les souvenirs de voyages autrefois savamment disposés, l'arrangement sobre de toutes choses... c'était le signe d'un goût sûr et d'une présence disciplinée. Seuls les fils d'appareils électriques n'avaient jamais été domptés; ils rampaient sur le plancher du salon, de sa chambre, de son lieu de travail, laissant deviner un monde parallèle sans beauté et sans harmonie. Ce monde existait, il poussait sur la surface, il creusait de petites galeries d'appétit qui échappaient à la compréhension.

Cette femme entourée de significations, cette femme à côté d'un abîme, c'était donc moi. J'aimais, et il y avait des mots pour le dire. J'avais grandi, étudié; les livres qui m'entouraient en faisaient la preuve. Mes étudiants appréciaient parfois mes commentaires un peu confus. Pour attirer leur attention, je tissais des liens séduisants entre le passé et leur présent. J'offrais des recettes pour l'héroïsme, j'effleurais leur vie comme un vent soulevant juste un peu de poussière, je leur laissais croire qu'ils effleuraient la mienne. Je cultivais de très légers mensonges.

C'est dans mes rêves que j'échouais. Je coulais comme la petite sirène de mon enfance. Je m'enfonçais sans volonté dans la vase.

Le plus souvent, j'étais assise à une grande table en compagnie de mes parents et amis : dans un maelström de paroles, le dîner se transformait soudain en procès dont je devenais l'accusée, coupable de tout et de rien. Et Jim se trouvait parmi eux.

Pendant toutes ces années passées avec lui, j'ai rêvé qu'il me trahissait.

La trahison prenait plusieurs formes dont la plus banale était le fait qu'il faisait l'amour avec une autre femme. Les yeux fixés sur les miens, il souriait. C'était si banal. J'essayais de me sauver mais j'avais posé le pied dans un piège pour animal aveugle. Jim me quittait de la seule façon qui semblait ne pas s'accorder avec lui, avec sa sincérité, sa générosité, sa dévotion. Mais pendant l'instant où le mal se propageait en moi, pendant l'instant où j'échouais, j'étais plus proche de l'amour que je ne l'avais jamais été. Parce que plus proche de lui. Je ne peux pas le dire autrement.

Les derniers temps, ces rêves revenaient toutes les nuits. Jim s'excusait, sans trop savoir pourquoi. Et puis, après son départ, ils ont cessé, très vite remplacés par les autres.

L'appartement exhalait maintenant son nouveau parfum.

5

Le parfum était difficile à définir, un peu moite, lent et complexe, comme celui qui se dégage d'une attente dans un aéroport d'une île des Caraïbes. J'étais en voyage dans ma propre maison. Mes rêves avaient fini par déposer un voile masquant à demi la lumière du jour.

Le printemps avait fait son apparition en un clin d'œil. Mon père avait noté les transformations dans son cahier : crocus blancs, feuilles des grands chênes vert tendre, pommiers en fleurs ; fleuve trop tranquille. Seulement deux visites d'Élisabeth. Elle porte une robe d'été noire. Sa peau est trop pâle.

Mon père a toujours eu un goût très précis pour les vêtements féminins. Il donnait régulièrement son avis. À sa femme, qui s'intéressait très peu à la mode. À sa fille, qui adorait être jolie. Il détestait depuis longtemps me voir habillée en noir. J'ouvrais son cahier quand il s'absentait deux minutes, et il le savait. Le contraste entre ma peau trop blanche et le noir l'avait encore une fois heurté. Il fallait qu'il le fasse savoir.

Ma mère était revenue pour me conseiller de m'acheter de nouveaux meubles, de mettre un peu d'ordre dans mon environnement et sur ma personne. Mon appartement lui semblait triste et elle ne me reconnaissait pas. Je ne me maquillais presque plus. Ma peau était pâle. Pour la première fois de ma vie, mes cheveux étaient négligés. Pas sales, je savais déjà que je n'irais jamais jusque-là, seulement en bataille, sans aplomb. Sans beauté : voilà le détail important.

Je n'ai pas obéi à ma mère. Au contraire, j'ai cessé de faire le ménage. Peu à peu, des objets ont commencé à oublier leur fonction. J'étais étonnée de voir ce qu'une seule personne pouvait produire de saleté. Et cela restait supportable, humain, malgré tout ce qu'on m'avait appris.

Un soir, je me suis acheté une robe blanche pour célébrer le printemps et la fin de mon cours. Je pensais pouvoir faire plaisir à mon père. Offrir une impression de rédemption. J'avais vu au cinéma, quelques mois auparavant, un film dans lequel la reine Élisabeth se poudrait le visage et se revêtait de blanc virginal pour ses noces avec son pays : une scène très forte. J'en extrapolais la signification jusqu'à la notion de virginité telle que conçue par certains philosophes médiévaux : une virginité non charnelle, une attitude de l'âme purifiée au contraire par le corps et déliée de tout, un dépassement hors de soi, hors de la culpabilité et, par ce fait, une façon de remonter vers la source de la lumière. Le film venait de sortir en vidéocassette. Je l'ai loué et j'ai repassé plusieurs fois la scène. Je restais fascinée par la puissance des gestes, par leur précision volontaire et par ce qui se dégageait du personnage. C'était une sorte de messe, un rituel dont le sens émanait entièrement de son corps revêtu de blanc. Une fille coupait ses cheveux, une autre lissait les plis de sa robe. À la fin, on la découvrait en dehors de l'Histoire, on aurait dit, avant l'Histoire, une présence lumineuse dans le monde. Elle était redevenue vierge. Ce n'était qu'un film, bien sûr. Mais je cherchais à mon tour à recréer mes propres symboles. Je cherchais ce que j'avais à célébrer. La souffrance passe, mais la consolation reste, disait Maître Eckart. Mais où se trouvaient mes larmes? Où se trouvait ma conscience du monde? Le blanc ne me convenait pas. Pas plus que le noir. Il n'y avait pas encore assez de puissance vitale en moi.

Le corps est un vêtement qui recouvre l'âme, écrivait Hildegarde de Bingen. Mais quand je la lisais attentivement, j'avais parfois l'impression que c'était plutôt l'âme qui avait pour tâche de recouvrir le corps d'un long manteau blanc. L'âme avait le pouvoir de connaître des choses que le corps, lui, ne pouvait que percevoir. Ensemble, ils avaient le pouvoir de se transformer en lumière, en intelligence. Car Hildegarde écrivait aussi que si l'enfant émet un cri à sa naissance, c'est parce qu'il sent les ténèbres de ce monde. «Car, au moment où Dieu envoie une âme dans un corps humain, l'intelligence est, pour ainsi dire, endormie en elle. Mais une fois que l'âme est entrée dans le corps, l'intelligence s'éveille en elle, à mesure que celle-ci se répand dans la chair et les veines.»

Est-ce à dire qu'entrant dans la vie même, nous avons tous commencé dans l'enfer? avais-je quelques jours auparavant demandé à mes étudiants. Et mon corps, qu'est-il en train de vous dire? Est-ce qu'il porte toujours en lui les ténèbres de ce monde? Est-ce bien l'âme qui éclaire notre vie et la rend supportable? Et qu'est-ce que l'âme? C'est l'intelligence? C'est l'amour?

Ils étaient d'abord restés muets. C'étaient de jeunes étudiants de cégep à qui j'enseignais la littérature, et bien sûr, ni Hildegarde de Bingen ni l'histoire de la reine Élisabeth jouée par Cate Blanchet n'était au programme. Mais encore une fois, j'avais dérapé.

— Au fond, c'est une question toute simple, leur avais-je dit. Qu'est-ce que l'amour?

Une élève avait levé la main:

— L'amour, c'est le contraire de l'intelligence.

Les autres avaient ri, malgré le ton très sérieux qu'elle avait pris pour affirmer son idée. Il y avait de l'agressivité dans sa voix, comme chaque fois que l'on abordait ce sujet. Elle avait haussé les épaules et poursuivi:

— L'amour n'a rien à voir avec l'âme. Et si Dieu existait, il ne nous ferait pas naître dans l'enfer.

Un garçon s'était alors levé pour répliquer:

— Si Dieu existe, il n'y a ni commencement ni fin.

Pour lui, bien sûr, Dieu existait. Ma question lui avait paru de toute évidence stupide. Il s'appelait Mathieu: c'était l'élève qu'on ne pouvait pas ignorer, le grand parleur de cette classe. Celui qui avait des certitudes et qui déclenchait toujours les discussions. Celui qui avait fait de ce groupe une sorte de bombe à retardement, à son image. Toujours tendu, mais brillant, un peu mystique. J'avais fini par m'attacher à lui, c'est à ce type d'élèves qu'on s'attache, ceux qui sont en déséquilibre, ceux qui ont réellement besoin de notre aide.

Quelques élèves bourdonnaient à l'arrière de la classe.

— Et qui t'a fait croire que Dieu existait? Tes parents?

— Mes parents ne croient pas en Dieu, avait répondu Mathieu.

C'est alors que tout le groupe s'était enflammé, à cause de cette question de religion. Chacun avait une croyance à défendre. Je n'avais plus qu'à les laisser se disputer, comme chaque fois que cela arrivait. Politique, religion, racisme, violence... tout était prétexte à les éloigner de la matière du cours. À parler d'eux. À s'agiter. Leur rage produisait un flot de paroles dans lequel il était si facile de couler.

Mon corps leur disait que j'étais vieille. Et c'est parce que j'étais vieille que, pour eux, je ne savais rien.

J'avais eu si souvent envie de leur dire que j'avais honte d'être vieille. Ou plutôt, j'avais honte d'être entre deux âges. Ils n'avaient pas idée de ce que c'était, et j'avais tellement envie de leur dire. À force d'y penser, je voyais du sang. J'aurais pu entrer dans la classe et au lieu de m'évanouir, sortir un couteau et me couper la joue dans un geste subit. Comme au théâtre. Une manière extrême de montrer enfin quelque chose.

Mais il était trop tard.

C'était le dernier cours, et j'avais finalement opté pour le bleu. Une robe d'un bleu profond que mon père trouverait tout à fait à son goût. La robe blanche attendrait.

Contrairement à mes habitudes, j'avais un peu de retard, et quand je suis arrivée en classe, mes étudiants s'impatientaient. Mathieu s'était installé au fond de la classe. Il était nerveux, préoccupé; cela se répercutait autour de lui. J'ai posé mes livres sur la table. Certains élèves ont sifflé, à cause de la robe. C'était la fin, et cela leur donnait la permission d'être impolis. Encore énervés par leur récente empoignade, ils se rappelaient certainement ma question: qu'est-ce que l'amour? J'ai souri.

Je cherchais comment leur dire adieu: un mot puissant que je n'avais encore jamais prononcé. Ce mot avait tant d'avenir qu'il me réjouissait. Que l'avenir s'éteigne en cours de route n'avait aucune importance.

Ils étaient donc tous assis à leur place, attendant sans véritable intérêt que je résume en deux ou trois phrases les quinze semaines que nous venions de passer ensemble. C'est ce qui se faisait habituellement. Mais rien ne me déplaisait plus que de réduire en un bilan inactif ce que j'avais prêché pendant des semaines dans le vide. Ce qu'ils voulaient, c'était leur note. Et cette fois, je n'allais pas la leur donner.

J'avais compris dès le réveil qu'il y aurait une différence ce jour-là parce que je n'arrivais pas à faire les choses dans l'ordre prévu. Mes étudiants étaient rassemblés pour la dernière fois et je me taisais parce que je voulais qu'ils apprennent enfin une vérité.

Je les ai regardés pendant un long moment, jusqu'à ce que mes yeux s'assèchent et qu'eux se transforment en un paysage uniforme, grisâtre et lointain. Je savais que s'ils avaient peur d'une chose, c'était du silence.

Un élève s'est alors levé pour demander si j'allais bientôt donner les notes.

J'ai dit non. Tout de suite, un instinct de révolte a traversé la classe, un front collectif ne soulevant rien et duquel je tenais à être exclue.

L'élève a demandé pourquoi. J'ai expliqué que j'avais laissé mon cahier de notes à la maison pour éviter qu'ils ne se jettent sur moi comme des vautours. Je n'étais pas obligée de vivre une pareille situation. Ils n'avaient qu'à compter eux-mêmes leur note ou à attendre leur bulletin.

Je continuais à sourire. Une légère et très incorrecte impression de vengeance illuminait ce moment. Des jeunes, ces nouveaux martyrs de notre fin de siècle, étaient torturés par un professeur désabusé. Je ne voulais pas que cela s'arrête.

— C'est vraiment tout ce que vous avez à me dire? ai-je demandé.

Ils n'ont pas su comment réagir. Ce n'est pas ce que j'avais dit qui les faisait hésiter, c'était la froideur dans ma voix et la nouveauté de mon regard. Ils avaient toujours cru que j'étais près d'eux, enfin, une sorte d'alliée un peu égarée, et aujourd'hui, d'un seul coup, je les repoussais. Je les trahissais, un peu comme j'avais trahi ma mère en me débarrassant de son héritage, et Jim après qu'il soit parti. Je n'étais pas la personne qu'ils croyaient. J'en étais moi-même surprise : je pensais être arrivée à les aimer d'une certaine façon, et d'un seul coup, cela s'était évaporé. Ainsi pour Jim : l'amour était devenu une abstraction qui avait cessé trop vite de me faire mal.

J'ai pensé que ma robe bleue produisait un effet étrange. J'étais dans la peau d'une personne détachée de sa conscience, et à ce moment, devant mes élèves, je ne me sentais pas coupable. Je n'avais pas peur non plus. Cela ne durerait pas. Mais pour l'heure, ils ne s'en allaient pas, ils étaient pris dans ce silence, et je souriais.

Deux d'entre eux se sont levés pour quitter la classe. Puis, très vite, en masse, les autres ont suivi.

La salle était enfin vide.

J'ai fermé la porte et je me suis assise à ma table. J'ai poussé mes livres pour m'étendre un peu. Je devais être fatiguée car je me suis immédiatement assoupie.

J'essayais en vain de rejoindre mes rêves. L'odeur et la poussière de craie me piquaient la peau et me gardaient prisonnière, à mon tour, de la classe. Cependant j'étais plutôt bien : j'entendais le bruit de fond venant du corridor comme une rumeur lointaine qui ne pouvait pas m'atteindre. L'idée que la rumeur existait sans pouvoir m'atteindre me berçait, elle contenait juste assez de réel pour me soulager.

Puis la porte s'est ouverte, quelqu'un a prononcé mon nom et j'ai dû sortir de ma léthargie. C'était Mathieu, mon étudiant aux idées prophétiques. Le bruit de fond avait réussi en deux secondes à envahir tout l'espace comme une déferlante.

— Est-ce que je peux entrer ?

Une phrase si douce sortant d'un crâne rasé. Il a pris une chaise et s'est assis sans attendre ma réponse.

— Qu'est-ce que tu veux, Mathieu ?

Pour la première fois, il cherchait ses mots.

— On est tous partis comme des sauvages. Je suis venu m'excuser.

— C'est moi qui ai été sauvage.

Je me suis levée et j'ai pris mes livres pour lui signifier que cette conversation était terminée.

Il a eu un mouvement d'impatience, comme s'il était déçu par ma réponse.

Je me suis dirigée vers la porte. Il m'a suivie. Ensuite, dans le corridor, il m'a saisi le bras pour que je m'arrête. Il essayait de contenir son agressivité, son emportement.

— En tout cas, il fallait que je revienne te dire bonjour.

Sa phrase était trop banale : il avait autre chose à me dire. Il hésitait. Au bout de quelques minutes, il s'est mis à m'expliquer qu'il était d'accord avec moi et qu'il me comprenait. C'était assez confus ; les mots surgissaient, coupés les uns des autres, et je n'arrivais pas à savoir exactement de quoi il parlait.

— Tu n'as pas à être d'accord. J'ai seulement refusé de donner les notes, c'est tout.

— Non. Ce n'est pas tout.

J'étais de plus en plus ennuyée. Il me tenait toujours le bras et je n'avais encore rien fait pour me dégager. Des étudiants passaient à toute vitesse et nous bousculaient. Je pensais à des scènes de film où d'un seul coup la situation se dégrade. On perd ses clés, la pluie entre par les fenêtres, des insectes se mettent à courir sur le plancher. J'étais le jouet d'une sorte de catastrophe, simplement du fait que Mathieu, cet étudiant solitaire et emporté, me serrait le bras et que je le laissais faire.

Les escaliers mécaniques étaient en panne, comme d'habitude ; nous les avons descendus à pied, dix étages en tout, et il n'arrêtait pas de parler. Il disait qu'il me comprenait, qu'il n'était pas comme les autres, il fallait que je sache qu'il n'était pas comme les autres, ceux pour qui mon savoir était inutile, périmé, presque absurde. Il parlait, il parlait. Je n'étais pas assez sévère, et les étudiants méritaient qu'on les remette à leur place. Il avait cru m'apercevoir, un soir, alors qu'il buvait dans un bar. J'avais l'air seule, j'étais comme lui, etc., etc.

J'avais fait un effort pour garder la cadence et, arrivée en bas, j'ai dû m'arrêter pour reprendre mon souffle.

Pendant une fraction de seconde, en le fixant droit dans les yeux, j'ai eu envie de le gifler. Je déposais mes livres sur un banc, j'étais face à lui, ma main prenait son envol, et je le frappais en plein visage.

Une envie nette. Le claquement trancherait l'air et le rendrait plus léger. Sa joue rougirait. Ma main aurait aspiré toutes ses paroles inutiles.

J'éprouvais par anticipation une sorte de pitié pour lui. J'avais quarante ans, lui, vingt, tout au plus. Je ne l'ai pas frappé. Nous sommes sortis.

Nous étions au milieu de l'après-midi, il faisait beau, mais trop clair pour moi.

— Où est ton bar? lui ai-je demandé.

— Quel bar?

— Le bar où tu es censé m'avoir vue.

Il m'y a conduite. Je n'avais pas particulièrement envie qu'il reste avec moi. Je n'avais pas non plus envie qu'il s'en aille. Ma journée continuait à dérailler et il en était en partie responsable. Curieuse, j'attendais qu'il s'occupe de la suite, à la fois repoussée et attirée par lui. Peut-être aussi intéressée par ma propre audace.

J'ai commandé à boire, et quand j'ai voulu payer, pensant que c'était ce qui se faisait, il a refusé.

J'avais souvent entendu mes collègues raconter qu'ils invitaient leurs élèves à la fin d'une session et qu'ils leur payaient des pichets de bière ou de sangria. Je trouvais cette action artificielle. Cependant j'étais là, en compagnie de mon élève dans ce bar vraiment quelconque, et le tableau que nous formions me semblait assez exact. Il ne révélait rien d'autre que ce qu'il était.

Une sorte d'urgence agitait l'air, mais elle restait pour le moment loin de nous, disponible, mais pas obligatoirement assumée.

Il a donc réglé l'addition.

J'avais peur qu'il ne se remette à parler, de lui, de la fin du monde éminente, de n'importe quoi. C'était un étudiant du type paranoïaque et ceux-là ont toujours quelque chose à proférer. Mais sa crise était passée.

Il jetait parfois des coups d'œil sur les quelques personnes qui entraient dans le bar. Des gens d'un autre âge que le sien, des habitués à qui il faisait un signe rapide de la tête pour les saluer.

— Drôle d'endroit, ai-je dit.

En effet, c'était un bar défraîchi, pas du tout à la mode, le seul genre de bar où je pouvais me sentir à l'aise. La vie ici était sur son déclin et personne ne ferait jamais rien pour y remédier. On n'avait qu'à faire partie des ruines, qu'à se laisser tomber. Cela me convenait.

— Je le sais, m'a-t-il répondu.

Il m'a pointée du doigt, d'un geste accusateur.

— Mais toi, tu étais déjà venue avant. Je t'ai vue.

— Je te jure que non. Je n'ai pas mis les pieds dans un bar depuis des années.

— Des années?

— Oui. Des années.

J'ai baissé la tête. Je faisais tourner la glace dans mon verre. Il m'observait.

— Si tu veux t'en aller, je ne te retiens pas.

— Quoi?

Son tutoiement m'a paru pour la première fois déplacé. Je n'avais jamais insisté pour que mes élèves me vouvoient. Moi-même, je n'arrivais pas à le faire. Mais à cet instant, dans ce bar miteux, j'aurais voulu que Mathieu commence à me vouvoyer. J'aurais voulu le lui ordonner, ordonner ce contraste qui augmenterait la distance entre nous. Ou, au contraire, qui l'éliminerait complètement.

— Alors, tu veux t'en aller?

— Je ne sais pas ce que je veux.

Sa question m'avait mise mal à l'aise, comme s'il avait débusqué en moi une erreur de parcours, une faute dans mon raisonnement. Je la trouvais triviale. Je ne savais pas pourquoi, mais c'est l'adjectif qui me traversait l'esprit. Nous étions sur la brèche tous les deux.

Je cherchais à attirer l'attention du serveur, mais il était sourd, rivé aux images de la télévision. J'ai dû m'approcher de lui pour demander qu'il nous apporte encore à boire. Comparé à ce qu'on voyait dans le bulletin spécial à l'écran, des villages incendiés, des colonnes de réfugiés expulsés de leur pays, ma demande paraissait indécente. J'ai détourné la tête. Mathieu ne me quittait pas des yeux; on aurait dit que j'étais celle qui allait accomplir un miracle. De loin, il pouvait ressembler à un jeune homme amoureux. Un chevalier servant. Ma robe bleue rendait ma présence à la fois légère et grave comme une flamme qui s'élance. Promesse de bonheur, elle mentait.

J'ai posé les verres devant lui sur la table.

— Ne me regarde pas comme ça.

Il a détourné les yeux.

J'ai senti qu'il faisait un effort pour se reprendre. Il me questionnait à propos de la thèse que je devais terminer cet été-là. Je répondais par des formules assez brèves; je ne savais pas ce qui l'intéressait vraiment.

L'image d'une femme accomplissant un travail passait devant mes yeux. Je pouvais la rendre séduisante.

Je lui dressais la liste des composantes du code de la beauté recueillies dans les poèmes courtois : blancheur du teint, pommettes rosées, blondeur de la chevelure, visage allongé, yeux vifs et rieurs, seins fermes comparés à des noix. Pour les hommes : excellence musculaire, petites oreilles, bouche intelligente, menton bien dessiné, cou droit et puissant, mains grandes et vigoureuses.

Il m'écoutait, m'interrompant pour émettre des commentaires moqueurs sur mon aspect physique. Ou sur le sien. Il souriait en plaçant ses mains à plat sur la table, il faisait bouger les pauvres muscles de ses bras. C'était une conversation ondoyante, presque sentimentale. Une sorte de jeu, comme si nous avions signé une trêve. Nous ne parlions pas de ce que nous faisions ici tous les deux, de ce pourquoi il était revenu, de son moment d'égarement dans l'escalier du collège. Nous étions simplement là, échappés de la clarté du jour, et quelque chose pouvait ou non arriver.

J'ai commencé à voir autrement.

Lui, d'abord. Une sorte de lourdeur qu'il avait dans les épaules et que je n'avais pas encore remarquée. Une façon de se tenir qui me donnait le droit de tout risquer. Ses épaules l'éloignaient de sa jeunesse. La jeunesse, je n'en voulais pas. C'est par quelque chose de plus lourd que je voulais m'approcher du monde. Une pierre parmi les pierres, mais pesant de tout son poids, imprimant sa marque dans un sol millénaire. Un seul petit défaut brisait la régularité de ses dents brillantes. Quand il souriait, ce défaut apparaissait et on avait envie de le lécher.

On aurait dit que j'étais dans l'antichambre d'un de mes rêves. Les songes n'emplissent pas l'espace de la même façon que la vie réelle. Ainsi, le temps qui passait, les phrases que nous disions, les autres personnes qui buvaient autour de nous, tout fonctionnait comme s'il n'y avait plus de perspective. Je n'avais qu'un pas à faire pour revenir au réel, un autre pour sombrer tout à fait dans le rêve. Mais je ne le faisais pas.

Tour à tour, l'un de nous se levait pour aller chercher à boire. Le serveur avait finalement décidé de faire comme si nous n'existions pas. Après tout, semblait-il penser, il n'était qu'un figurant. Et nous aussi.

Quand Mathieu se levait à son tour, j'enlevais mes lunettes, n'osant plus le regarder. Je plongeais dans mon corps pour écouter le bruit de ma respiration. Je me contentais d'être en vie. Jusqu'à ce que je voie une ombre s'avancer et qu'il émerge de la brume.

Lui, dès que je me levais de ma chaise, il désobéissait en me poursuivant de son regard.

Cela perdait de son importance. Il faisait très sombre, et je me percevais différemment. Je traversais la salle en état d'effraction moi aussi. Ce n'était ni tout à fait sauvage, ni tout à fait violent. Le soir arrivait avec ses aspérités silencieuses. Je passais la main sur le mur rugueux. Je sentais la nudité sous ma robe.

Le bar s'est peu à peu vidé de ses quelques clients. Un nuage formé par la fumée de cigarette est apparu juste au-dessus de nous.

Mathieu s'échauffait, et j'étais de plus en plus ailleurs.

J'ai sorti un bâton de rouge à lèvres de mon sac. D'une main, j'ai tenu mon miroir miniature, un véritable bijou orné de pierres semi-précieuses que Jim m'avait offert, de l'autre j'ai appliqué le rouge corail sur mes lèvres. C'était une action solitaire. Je pensais à Jim. Je voyais ses longues mains passer sous ma robe. Je voyais ses lèvres frôler les miennes. J'avais oublié la présence de Mathieu.

C'est alors qu'il a dérapé.

Il m'a arraché le miroir des mains et l'a lancé par terre.

— Tu n'as pas besoin de maquillage, a-t-il dit.

— Mais qu'est-ce qui te prend?

J'avais fait un geste qui l'excluait, mais il ne pouvait pas l'avoir deviné. Peut-être pensait-il au contraire que je voulais le séduire? Peut-être avait-il pris peur tout à coup?

Il s'est relancé dans un discours. La société de consommation, l'impérialisme du corps parfait, de la beauté à tout prix, la complicité des femmes, tout y passait. Je regardais mon miroir par terre, et j'attendais le moment propice pour le ramassser et m'en aller. Je pensais à ce que m'avait raconté Lorraine : les jeunes chevaliers de l'apocalypse. C'est sans doute ainsi qu'elle aurait perçu Mathieu. Elle aurait craint qu'il ne dégaine son arme.

— Tu me fais peur, ai-je dit.

Il s'est arrêté, surpris.

— Excuse-moi, a-t-il murmuré.

J'ai ramassé mon miroir. Il y avait une petite fissure dans la glace.

— Excuse-moi, a-t-il répété. J'ai honte. Je n'ai pas de talent. Je ne sais pas comment faire.

— Je m'en vais.

Il m'a pris la main pour me retenir.

— Je veux me faire pardonner, a-t-il supplié. Je vais te raccompagner.

— Lâche-moi, ai-je dit.

Je me suis dégagée. J'ai cru alors qu'il allait se mettre à pleurer.

— S'il vous plaît, attends un peu.

Il a griffoné son numéro de téléphone sur un bout de papier et me l'a tendu. Je l'ai mis dans mon sac. Il semblait pris au piège. Il me faisait pitié.

— Je suis un chaotique, a-t-il dit en souriant. Dans les jeux de rôles, je choisis toujours d'être le guerrier chaotique.

Il cherchait par tous les moyens à alléger l'atmosphère. Il voulait sans doute reprendre la conversation là où nous l'avions laissée au début de la soirée. Au Moyen Âge, dans des rôles bien définis, dans un jeu de séduction sans danger.

— Antisocial et chaotique, en effet. Je dois m'en aller.

Je ne savais pas quoi dire d'autre. Il s'est rassis à la table, l'air un peu misérable. Je me suis détournée. Il fallait que je sorte au plus vite.

De retour chez moi, dans cet appartement qui me surprenait de plus en plus, j'ai déchiré le bout de papier en petits morceaux et je les ai jetés dans la corbeille.

Mon lit était défait, garni de vêtements froissés, comme si j'avais été dévalisée. Je me suis couchée sur le divan du salon pour y passer la nuit. Les mains de Jim étaient toujours là pendant que la télévision continuait de cracher des images du monde à l'agonie. Cette soirée avec Mathieu avait réveillé une forme de détermination dont j'ignorais encore la portée. Je voulais retrouver la liberté, entrer dans un noir paradis, sentir à nouveau la nudité sous ma robe.

6

J'avais fait un plan pour l'été. Tout ce temps libre et chaud qui me tendait les bras avait été domestiqué. Il y avait les heures du matin pour travailler, les heures de l'après-midi pour lire, faire des courses ou me baigner, et les heures du soir pour travailler encore. J'avais fixé des jours de visite à mon père. Des jours de travail dans différentes bibliothèques, surtout par temps pluvieux, où je pourrais me pencher à ma guise sur des textes anciens. Et puis quelques sorties avec des amis. Ce dernier point était aléatoire, purement esthétique en fait : des amis, je n'en avais plus depuis longtemps. Jim et moi vivions comme des êtres autosuffisants sur une île déserte. Ses amis, je ne les connaissais pas. Les miens nous dérangeaient le plus souvent. Seule, je l'étais, plus que je n'aurais jamais pu l'imaginer. Ma propre voix résonnait parmi celle des morts.

Mes collègues donnaient une fête pour souligner la fin de l'année : j'avais décidé d'y aller cette fois. J'ai remis la robe bleue, le rouge à lèvres corail. Le petit miroir souriait dans mon sac à main. J'ai fait mon entrée dans le jardin où plusieurs personnes étaient assises autour d'une table. Une bière à la main, je me suis immiscée dans leur discussion. Ouverte, rieuse, comme eux. Mais, ici comme ailleurs, rien ne me touchait.

Leurs mots restaient séparés des miens par un mur invisible. Brusquement, je suis partie sans saluer personne.

Ma présence parmi eux n'avait rien changé. C'était un fait d'une brutalité déconcertante. Ils ne s'étaient probablement pas même rendu compte de mon départ. Si je n'y étais pas allée, ils ne l'auraient pas remarqué non plus. C'était ma faute, sans doute. Je faisais trop d'efforts. Jusqu'au moment où je n'en faisais plus du tout.

En réalité, tout cela m'était enfin devenu indifférent. Je pensais à eux comme à des collègues d'un passé très lointain.

Mon plan était bien en vue sur ma table de travail, et j'ai réussi à le suivre pendant quelques jours. J'effaçais l'épisode dérisoire avec mon élève.

Il faisait une chaleur inhabituelle pour cette époque de l'année, et je prenais de nombreuses douches froides. La pensée de Jim alors ne me quittait pas. Pour la première fois depuis son départ, il me manquait. Je ressentais la chaleur torride qui s'était abattue sur nous le jour où, assoiffés, nous nous étions enfin jetés l'un sur l'autre.

Après toutes ces années vécues ensemble, c'est cette vision de l'amour qui restait la plus forte. J'aurais voulu que Jim me manque pour d'autres motifs, éprouver une émotion plus puissante et durable, mais je fermais les yeux, et je sombrais avec lui dans un seul instant de passion. Cette vision de l'amour, j'en avais honte : elle était puérile, elle m'éloignait de la connaissance.

Sur la tombe de ma mère, mon père avait fait écrire cette phrase du *Cantique des cantiques*:

«Je suis à mon bien-aimé et mon bien-aimé est à moi.»

Je n'avais jamais vu de si belle épithaphe. Je me répétais cette phrase. Lentement, je la disais, en appuyant bien sur toutes les syllabes. À force de la redire, elle s'élargissait et me laissait une place. Je pensais que naître et mourir avait pour seul but de faire corps avec une phrase aussi pure. Il suffisait que quelqu'un la choisisse pour nous. Il suffisait que l'amour soit la connaissance ultime de la vie.

Ma mère savait par cœur des pages entières de la Bible. Elle nous les récitait certains soirs pour nous en faire entendre la poésie.

Mon passage préféré était le suivant:

«Comme un pommier parmi les arbres de la forêt, – tel mon bien-aimé parmi les jeunes hommes.

À son ombre, selon mon désir, je me suis assise, – et son fruit est doux à mon palais.

Il m'a introduite dans la salle du festin – en lançant contre moi l'armée entière de l'amour.

Soutenez-moi avec des gâteaux, – ranimez-moi avec des pommes.

Il a sa main gauche sous ma tête – et sa droite me tient embrassée.»

Ce poème était depuis longtemps épinglé sur le babillard au-dessus de ma table de travail. J'entendais parfois ma mère le murmurer. Sa voix venait du passé. Elle regardait mon père en souriant, et puis elle regardait sa jeune fille. Je priais déjà qu'on m'entraîne dans l'armée de l'amour. J'étais encore cette enfant passive qui ne saisissait rien. La portée symbolique de ces paroles m'échappait. Mais jamais ma mère ne m'a forcée à déchiffrer les symboles incompris. L'indéchiffrable faisait partie de la beauté.

Comme ces phrases de la Bible, l'amour entre mes parents était visible, et à la fois rempli de secrets. Ils ne parlaient pas le même langage, ils vivaient dans des mondes différents, mais ils s'aimaient.

Pour moi, déjà, l'amour était une révolution qui ne durait qu'un quart de seconde. Rapide comme notre siècle. Il y avait cette ombre, il y avait ce jardin : l'homme s'approchait enfin de la femme, et avec elle il tombait. J'avais appris à attendre ce moment en regardant des films de second ordre à la télévision. J'ai toujours aimé les scènes d'amour au cinéma. L'instant où les deux héros sont sur le point, enfin, de s'embrasser. La suite, je l'imaginais encore ainsi : il faut d'abord qu'ils aient été empêchés, il faut qu'ils traversent une guerre, et quand vient le moment de la révélation, ils se jettent l'un sur l'autre en sachant qu'ils resteront à jamais inassouvis.

Cette dernière image n'avait rien à voir avec l'amour entretenu par mes parents. Elle était liée à une pulsion de mort. Comme le faux bourdon prêt à mourir pour quelques secondes de plaisir, j'aurais pu, en m'écoutant un peu, tout sacrifier pour cet instant de désir fulgurant. C'était mon désir le plus secret : celui de chavirer. J'en avais honte, voilà. Une honte que j'ai toujours gardée pour moi seule.

J'enviais aujourd'hui les saintes dont j'étudiais les textes avec fascination : leurs visions les rapprochaient bien plus que les miennes du bouillonnement de la vie. Elles habitaient le néant à leur façon divine. Elles signaient de leur corps un passage sacré sur la terre.

Splendeur et misère. Elles connaissaient le don de l'amour.

Le miroir était toujours dans ma chambre. J'y regardais maintenant mon corps avec une sorte d'incrédulité. Les signes de vieillissement n'étaient pas ce qu'ils auraient dû être. J'avais l'impression d'avoir été punie : on m'avait jeté un sort, et mon corps se dégradait sans que l'amour y ait laissé de traces.

Je me suis mise à noter ces transformations dans le cahier, à la suite des rêves, comme le faisait mon père. Les petits plis de la peau sur les genoux, les bras fatigués, la paupière gauche attirée vers le bas : c'est à une autre que cela arrivait. Et encore, je ne trouvais jamais de mot assez crus pour le dire. J'avais parfois envie de me laisser tomber comme un sac trop lourd. Ne plus résister. Que ce corps s'offre dorénavant tel qu'il était réellement. S'il y avait une faute, il fallait qu'elle paraisse. Si mon corps était mortel, il fallait que cela se voie. Ensuite, je grimperais moi aussi comme un insecte jusqu'au ciel.

Il y a eu une autre fusillade dans une école. C'était dans un quartier proche de celui où habitait Lorraine, et, comme si j'attendais qu'un tel événément me pousse à le faire, je me suis précipitée à la bibliothèque pour voir comment elle allait. La plupart de ces actes de violence avaient lieu aux États-Unis, ce pays si démocratique où chacun a droit à une arme. Mais l'épidémie, à petite échelle, s'étendait jusqu'ici : rien d'assez fort n'empêchait un garçon enragé de prendre le fusil de chasse de son père et d'ouvrir le feu sur d'autres êtres humains. C'est ce qui s'était produit. Et je savais que Lorraine avait peur. Peut-être même que j'étais la seule à le savoir. Et peut-être étions-nous tous d'ailleurs sur la même ligne de tir – un lieu sans horizon –, elle, moi, Mathieu, enfin ce garçon enragé et malheureux. C'était la petite histoire, et la marche de cette petite histoire menait toujours au même endroit.

Quand je suis entrée dans la salle, on aurait dit qu'elle m'attendait. Elle s'est immédiatement levée pour sortir les manuscrits du classeur. Elle les a posés sur la table en disant :

— Vous avez lu les journaux ?

Dans son énervement, elle avait oublié de me donner les gants. Je voyais une lueur inquiétante dans ses yeux. Elle ressemblait finalement à la bibliothécaire pessimiste que j'avais décrite à Jim. En tout cas, elle semblait survoltée.

Elle est allée chercher son journal sur son bureau comme si elle avait une preuve à me fournir.

— Comment peut-on vivre dans un monde aussi fou ?

Je ne savais pas quoi répondre. J'avais simplement suivi mon instinct en me rendant jusqu'ici, et je ne savais plus trop ce que je faisais là. Je pensais au regard dénaturé de Mathieu, et puis à la vie altérée de mon père. Je pensais à ce serveur halluciné. La dégradation était générale autour. J'ai pris les gants sur son bureau et je me suis assise pour feuilleter les manuscrits.

Mais Lorraine continuait à marmonner.

Au bout d'un moment, je me suis tournée vers elle pour lui demander si elle se sentait bien. Elle s'est relevée brusquement.

— Justement, non. Je ne me sens pas bien du tout.

Elle a repris les manuscrits, qu'elle a rangés dans le classeur. Ses gestes, malgré sa faiblesse évidente, presque palpable, étaient autoritaires.

— Je m'en vais, m'a-t-elle dit. Le monde me rend malade.

Je l'ai regardée franchir le seuil de la porte, puis le tourniquet de l'entrée. Elle se dirigeait vers l'ascenseur. Je me suis précipitée à mon tour. J'étais obligée de la suivre. Je ne pouvais pas faire autrement. Elle m'attirait. Il me semblait qu'elle avait besoin de mon aide. Pour une fois, quelqu'un avait besoin de mon aide.

J'ai offert de la raccompagner. Elle habitait à l'autre bout de la ville et certaines sections de l'autoroute étaient fermées à cause de réparations. Il y avait un trafic intense. Lorraine regardait par la fenêtre. Il faisait chaud. Je conduisais en retenant mon souffle, pour ne pas la déranger.

Nous sommes passées devant l'école où avait eu lieu la fusillade et Lorraine n'a pas bronché. On aurait dit qu'elle avait oublié la cause de sa colère.

Quand nous sommes arrivées chez elle, elle m'a invitée à entrer.

C'était une maison assez cossue qui tranchait sur les autres maisons du quartier. Elle avait de toute évidence été agrandie et rénovée avec goût. À l'intérieur, la décoration était impeccable, presque trop, rappelant la mode des intérieurs entièrement meublés par des décorateurs dans les années soixante. Tout était parfait, douillet, et très légèrement démodé. Démodé dans des détails qu'on ne voyait pas tout de suite. Des rideaux un peu lourds dans le salon. Des motifs repris de pièce en pièce. Des cendriers énormes en verre dépoli. On aurait juré que ceux qui habitaient ici étaient des gens plutôt âgés. Mais Lorraine avait à peine trente-cinq ans. Sa maison était un miroir de ce à quoi ressemblerait sa vie plus tard.

Elle m'a fait asseoir dans la cuisine et m'a priée de l'attendre pendant qu'elle se changeait.

Toutes les fenêtres étaient fermées et je commençais à manquer d'air. Je pensais aux infirmières privées qui entrent dans une chambre, ouvrent tout grand les rideaux et les fenêtres avant de s'approcher des patients pour se pencher sur eux et leur sourire. J'aurais voulu faire la même chose. Je n'osais pas. Malgré la perfection, malgré la propreté absolue des lieux, un résidu de perversion régnait dans l'atmosphère. Quelque chose avait peut-être eu lieu dans le passé, on avait tenté de l'effacer mais il restait une tache, un esprit malheureux. À l'évidence, un sentiment d'étrangeté ne me quittait pas et me portait à divaguer.

Lorraine est revenue vêtue d'une robe longue sans manches qui lui donnait une personnalité différente. Ses bras étaient musclés, non comme ceux qu'on voit dans les gyms, mais comme ceux d'une femme affairée. Une femme qui ne s'intéresse pas au fait que ses bras sont musclés, même si elle sait que c'est une qualité importante aujourd'hui. Ses longs cheveux bruns effleuraient ses épaules. Je l'observais en scrutant les moindres détails de son visage. Elle était plus belle que je ne l'avais cru.

— Les enfants sont à l'école, m'a-t-elle dit en s'excusant.

— Bien sûr.

Je ne savais pas de quoi elle s'excusait. Probablement du fait qu'elle était là, seule, avec une femme qu'elle connaissait si peu. Ou alors parce qu'on ne sentait nullement la présence d'enfants dans sa maison. J'avais beau regarder autour de moi, aucune trace de jouets qui traînent, ni photos ni dessins aimantés sur le frigidaire, rien.

Elle a mis de l'eau à bouillir et s'est allumé une cigarette. Elle avait ouvert la fenêtre, et après chaque aspiration, elle envoyait la fumée à l'extérieur.

— Deux vieilles filles buvant un thé, ai-je dit.

J'avais employé le ton de quelqu'un qui annonce le titre d'un tableau dans une vente aux enchères. Ça l'a fait sourire. Elle a soufflé sa dernière bouffée dans l'air d'été, puis elle est venue s'asseoir. Le thé flottait dans l'eau de la théière, à l'intérieur d'une petite maison dorée.

— Les enfants sont asthmatiques, a-t-elle dit.

— Oui ?

— Oui. Je ne peux pas toujours me retenir.

J'ai versé le thé dans les tasses et nous sommes restées là, ressemblant presque à des amies de longue date. Lorraine parlait beaucoup, de choses plus anodines les unes que les autres, et je redoutais qu'elle se mette à pleurer. J'ignorais quel sujet de conversation aborder pour la calmer. Mais je savais que je ne pouvais pas m'en aller.

Elle jetait parfois des coups d'œil effrayés à l'horloge placée au-dessus de l'évier. J'avais l'impression qu'elle manquait de temps pour accomplir une action quelconque.

— Habituellement, ils sont à la garderie. Mais là, je peux peut-être aller les chercher ?

Elle hésitait. Puis elle s'est décidée.

— Je viens ? lui ai-je demandé.

Elle n'a pas répondu.

— Je vais attendre ici.

À ce moment, la phrase sur le monde disparu était revenue entre nous. Lorraine a ouvert la porte et est sortie. J'ai entendu le cliquetis de la serrure, et j'ai souri en pensant qu'elle venait de m'enfermer. Cela me ramenait au départ de Jim, à l'instant où mon nom était prononcé au loin, dans un brouillard. J'ai regardé Lorraine s'éloigner par la fenêtre. Je voulais rester ici et attendre. La phrase tourbillonnait dans l'air comme les aigrettes des pissenlits au printemps. J'avais oublié qui j'étais.

La maison était construite sur un seul étage et je marchais maintenant de pièce en pièce, comme un voyageur qui passe d'un wagon à l'autre. J'empruntais les pas de Lorraine. C'étaient des pas feutrés par la présence de tapis moelleux partout dans la maison. Tout semblait avalé par ces tapis, même la propre existence des êtres qui les foulaient. Je croisais dans le corridor les photographies de ses enfants, des portraits au fond criard comme on en fait dans les grands magasins. Les enfants étaient suspendus là, attendant qu'on leur fasse signe de descendre du nuage sur lequel ils semblaient tous les deux assis. La marge me paraissait si mince entre le paysage fabriqué de ces photographies et le surplus de réalité qui se dégageait de la maison de Lorraine en son absence. J'avais compris que Lorraine était plus fragile que je ne l'avais d'abord imaginé. J'avais aperçu les flacons de médicaments dans la pharmacie de la salle de bains. Elle souffrait d'anxiété. Les flacons étaient rangés par ordre décroissant de grandeur. Les plus petites pilules au bout de la rangée étaient sûrement les plus dangereuses. Lorraine pouvait les avaler les unes à la suite des autres et disparaître en même temps que la peur. J'imaginais son corps étendu sur le carrelage bleu. J'avais envie de m'y étendre aussi. De sentir le froid sur ma peau.

J'ai commencé à ouvrir des tiroirs; j'écartais les livres des bibliothèques dans l'espoir, j'imagine, de trouver un secret. Un indice, une contradiction, aussi minime soit-elle, révélant un aspect caché de Lorraine, de son mari, de leur vie dans cette maison. Mon cœur s'est mis à battre plus fort, comme lorsque j'avais trouvé, enfant, le livre pornographique sous le divan chez les amis de mes parents. À qui appartenait ce livre, à la femme, à l'homme? Peu importe, les personnages quittaient le cadre des pages, ils s'agitaient sur le tapis, exerçant sur moi leur sortilège. J'avais le sentiment d'une transgression, simplement parce que je me laissais glisser à l'intérieur de cette vision. Je tentais de deviner où les ébats de Lorraine et de son mari se passaient le plus souvent. Dans la chambre? Ici, au salon? J'étais assise sur le fauteuil de velours vert. Un rai de lumière entrait par la fenêtre, sans rien éclairer. Les cheveux de Lorraine obscurcissaient l'image; leurs corps bougeaient dans l'ombre, en silence. Trouvait-elle, comme moi, en pénétrant dans son propre corps, l'accès à une autre vie?

Je suis retournée à la cuisine. J'appréhendais l'arrivée de Lorraine et de ses enfants. Cela ferait un bruit perçant et continu, et il me faudrait définir mon rôle dans cette histoire. Mais c'est le mari qui est rentré, et quand il m'est apparu dans le cadre de la porte, j'ai poussé un petit cri. Il s'est figé lui aussi, puis il m'a observée un instant, essayant vainement de se rappeler qui j'étais. Quand il a compris qu'il n'y arriverait pas, son visage s'est brusquement contracté.

— Où est Lorraine? a-t-il demandé.

— Elle est allée chercher les enfants à l'école.

— Il est arrivé quelque chose?

— C'est à cause de la fusillade.

C'était une réponse très vague, absurde même, mais c'est celle qui m'apparaissait la plus juste. Ses épaules ont eu l'air de ployer sous un poids et il est venu s'asseoir près de moi. Il n'a rien dit.

Son regard s'est perdu par terre pendant un moment pour ensuite se fixer sur mes pieds.

J'aurais dû être mal à l'aise, mais au contraire, j'éprouvais une sorte de bien-être. Il se dégageait de cet homme une aura de protection, même quand il regardait mes pieds. C'était le mari de Lorraine, et je ne pensais qu'à une seule chose: lui offrir du thé. J'avais envie de verser, à mon tour, l'eau bouillante dans la théière et de voir la petite maison remonter en voguant à la surface.

Son regard a quitté mes pieds pour se poser sur mon visage.

— Lorraine est malade, a-t-il dit.

Il attendait ma réaction, ignorant tout à fait ce que je connaissais de Lorraine. Une façon indirecte de tester ma présence ici. Il était prudent, et inquiet.

— Je sais, ai-je dit.

— Ça commence chaque fois avec un rien, un détail insensé qui fait tout basculer.

— Une fusillade, ce n'est pas un détail.

— Mais ce n'est pas à elle que ces choses arrivent.

— Mais elles arrivent.

Il a ôté son veston et a cessé de me parler de Lorraine. J'essayais d'imaginer ce qu'aurait été ma vie si j'avais été mariée à un homme tel que lui. Il a relevé ses manches de chemise et j'ai passé ma main sur son bras. C'était une caresse furtive, presque irréelle, indolore. Il a dû la confondre avec un geste de consolation et, contrairement à Jim, il semblait la désirer.

Puis les enfants ont fait leur entrée, suivis de leur mère. Il y a eu un branle-bas pendant lequel je suis devenue complètement invisible. Lorraine occupait l'espace avec ses bras musclés. Elle était si différente de la bibliothécaire qui me regardait feuilleter la Bible et le Livre d'Heures. Sa nervosité lui conférait une sorte de sensualité indéfinie.

Les enfants sont allés dans leur chambre faire leurs devoirs. Des enfants souriants, mais réservés. La petite fille semblait plus dégourdie. Le garçon était maigre et plein de tics.

Lorraine est revenue s'asseoir près de son mari. C'est seulement là que j'ai remarqué ce qui clochait dans le tableau que je m'étais fait d'eux. Le mari de Lorraine était beaucoup plus âgé qu'elle. Cela n'avait sûrement pas d'importance. Mais à mes yeux, cela changeait toutes les données.

Elle s'est mise à pleurer doucement. Il s'est levé pour l'entourer de ses bras. Puis elle s'est souvenue de ma présence et s'est tournée vers lui.

— C'est Élisabeth. Elle était à la bibliothèque. Elle est venue me reconduire.

— Mais pourquoi ?

Elle s'est mise à gémir. On aurait dit les pleurs d'un enfant perdu dans une foule.

— Je ne peux plus sortir de la maison, a-t-elle dit. Cette fois, c'est fini.

Cela ressemblait à une supplication. Je me suis rappelé alors de ce qu'elle m'avait raconté un jour, après m'avoir questionnée sur mon travail. J'avais pris sa réaction pour une boutade, une réplique un peu factice s'imbriquant dans la conversation qui portait sur un ancien traité de médecine. C'était au sujet d'une visite chez son médecin. Il l'avait fait monter sur la balance, avait remarqué qu'elle avait perdu du poids, l'avait installée sur la table d'auscultation pour écouter son cœur et ses poumons. Il lui avait demandé comment elle se sentait. Elle lui avait répondu comme ça, de but en blanc, qu'elle se sentait revenue au Moyen Âge. J'avais éclaté de rire en imaginant le désarroi du médecin, son sarrau blanc, son stéthoscope brillant, ses diplômes bien encadrés sur le mur. Mais son expression à elle m'avait échappé. Elle était sérieuse. Elle m'avait expliqué ensuite ce qu'elle avait voulu dire. Elle se sentait traquée par la violence, la saleté, la folie, la maladie. Quelque chose de sombre nous entoure, avait-elle dit. Comme une épidémie de peste noire. Son ton était assez neutre cependant pour être pris à la légère. Votre vision du Moyen Âge n'est pas tout à fait juste, lui avais-je simplement rétorqué. Je pensais à la lumière émanant de poésies inspirées. Je pensais à l'amour. Je ne l'avais pas entendue.

Je comprenais à l'instant ce qu'elle avait voulu exprimer. Elle semblait en équilibre si instable. D'une manière incompréhensible, je me sentais liée à sa faiblesse, même si je n'en étais encore que la spectatrice. Je l'enviais presque.

— O.K., lui a-t-il dit. On va s'arranger.

Le garçon est entré dans la cuisine. Il s'est approché de sa mère pour lui caresser les cheveux. Lorraine s'est arrêtée net de pleurer.

— Va faire tes devoirs.

Je me suis levée pour aller à la salle de bain et j'ai emprunté le couloir avec le petit garçon. Nos pas silencieux s'enfonçaient dans le tapis. Devant sa chambre, il m'a posé une question à propos d'une expression anglaise qu'il n'arrivait pas à traduire. Je lui ai donné la réponse. Il m'a remerciée poliment avant de me serrer la main.

J'ai ouvert de nouveau la porte de la pharmacie pour admirer la rangée de petites bouteilles. Dans un sens, c'était rassurant de savoir qu'il existait des médicaments pour l'âme. Au temps d'Hildegarde, les remèdes étaient livrés par Dieu. La mauve pour la mélancolie, les baies de laurier pour la démence. L'espoir de guérison se trouvait dans la nature. Et dans la volonté de l'homme. Mais Dieu seul décidait si l'homme pouvait être libéré.

Je voulais aider Lorraine mais je ne savais pas comment. Quand je suis revenue à la cuisine, elle n'était plus là. Elle s'était étendue sur son lit pour se reposer. J'étais redevenue moi-même. Une étrangère. Ce n'est pas ce que je voulais. Mais j'étais étrangère. Le mari de Lorraine attendait debout, silencieux. Il me signifiait de partir.

Un rien et tout bascule, avait-il dit.

J'ai repris le chemin en sens inverse pour retourner à mes habitudes. Le trafic était encore plus dense qu'à l'aller, et je me suis arrêtée pour manger dans un restaurant. Je me suis calée au fond d'une banquette en cuirette rouge. J'ai attendu qu'il fasse noir avant de reprendre la route. J'aime conduire dans le noir. Je tenais le volant d'une façon nonchalante. Je pensais à cette phrase banale : un rien et tout bascule. Elle avait pris un sens inouï dans la bouche de cet homme. J'étais peut-être sur la route des riens. C'était ça. La route des riens. Si je continuais, tout s'évanouirait peut-être autour de moi. Les lumières de toutes les maisons s'éteindraient. Lorraine glisserait pour de bon dans la folie. Son mari et ses enfants s'envelopperaient dans l'absence. Mon père rejoindrait ma mère dans une ville lointaine. Et Jim me manquerait à jamais.

La petite sirène. Elle coulait dans l'eau sombre et profonde. Elle fermait les yeux de ravissement. Un choc léger : elle heurtait une pierre, une épave, une autre statuette, une église. Elle reprenait sa descente et coulait, coulait, transportant avec elle des milliers de voix inconnues. Un autre choc : voici le fond de sa forêt marine. Il y avait des éponges, des annélides, des mollusques, du varech ; des algues et des plantes bougeant de façon un peu mystérieuse. Elle s'arrêtait là, creusait sa place dans la vase : c'était l'endroit rêvé pour dormir.

DEUXIÈME PARTIE

DANS LA FORÊT DES SENS

1

C'est ainsi que j'ai retraversé la ville, mains nonchalantes sur le volant, et qu'au lieu de rentrer chez moi, j'ai continué d'avancer pour emprunter la seule voie ouverte sur le pont. L'été commençait à peine, trois mois de chaleur que certains spécialistes imputeraient à El Niña, d'autres, à la fin du monde imminente. Les automobilistes, impatients, suffoquaient dans leur voiture. Je roulais lentement, indifférente. Le fleuve s'étendait sous mes yeux, et je voyais, dans un mouvement de lucidité étonnant, peut-être le seul de ma vie, ma voiture franchir la parapet, voler au-dessus de l'eau quelques secondes avant de tomber comme une pierre. Est-ce ainsi que les choses se passent? On se bat en surface pendant des années, et puis on se laisse aller? La voiture vole, soudain légère, et elle tombe comme une pierre. L'eau tourbillonne. Toutes les voix attirées par ma chute se mettent à parler en même temps. Je les entends. Je les comprends. Je les touche. Une à une. Et toutes à la fois. C'est une symphonie. Et puis tout ce qui cherche à être détruit est détruit. Le moment où je tombe dans les bras de Jim. Le moment où la bombe explose à côté de sa maison. Celui où Jim se tait. Le moment où ma mère me dit au revoir. Le moment où elle dépose une bible de poche entre les draps rêches où dort mon père sur le cargo. Celui où je suis agenouillée sur la tombe, celle de ma mère, celle des autres, celle de mon père tant de fois imaginée, et puis celle du père de Jim.

Ce moment. À la sortie du pont, j'ai cherché la rue principale. Je me trouvais dans une ville de banlieue que j'avais déjà fréquentée plus jeune. Je reconnaissais les vieilles maisons de pierre qui n'avaient pas encore été remplacées par des immeubles à condos. Pauvre pèlerinage. J'ai retrouvé la rue et le bar où j'accompagnais parfois des collègues d'université. L'enseigne n'était plus la même. La façade avait été rénovée au goût du jour, ce qui me déplaisait. Le nouveau nom scintillait : *Tokyo.* C'était un nom mal choisi, vaguement rébarbatif. Une invitation à un médiocre voyage. J'ai stationné la voiture, et je suis entrée.

Malgré la chaleur accablante, une foule de gens se déhanchaient sur la piste de danse. Le décor était d'inspiration orientale, plutôt sobre, et cette meute de personnes excitées faisait tache. Je me suis assise à l'écart.

Quelque chose me dominait à cet instant, comme dans l'appréhension de la torture. La jeunesse des danseurs. Le miroitement des murs noirs et rouges. Je ne savais pas. J'avais laissé Lorraine étendue sur son lit, bien en sécurité. J'avais glissé jusqu'à cet endroit faussement exotique. C'est peut-être moi qui étais en danger.

J'ai commandé une bouteille de vin blanc en chassant la pensée du travail qu'il me restait à faire. Un travail séduisant mais d'une totale inutilité. Cela me semblait beaucoup plus clair depuis le départ de Jim. Depuis qu'il n'était plus là pour voir. Peut-être avais-je fait ce travail pour les autres. Pour avoir quelque chose à montrer. J'avais voulu être l'amoureuse des textes anciens. C'était une peau confortable. Je voulais être une de celles qui arrivent à s'infiltrer dans l'Histoire, une petite flèche s'incrustant dans le cœur des mots pour indiquer un chemin dans l'Histoire, aussi minime soit-il. La connaissance. La consolation absolue. L'illusion absolue.

La serveuse portait un kimono de soie. Un costume qui laissait paraître les formes de son corps en mouvement. Elle accomplissait son travail en patins à roulettes. Ce mélange de cultures sonnait faux. Elle a ondulé jusqu'à ma table avec la bouteille de vin en équilibre sur le plateau qu'elle tenait d'une seule main. Spectacle. J'ai payé en lui offrant mon sourire. Elle m'a demandé si j'attendais quelqu'un et si j'avais besoin d'un deuxième verre. Elle ne croyait ni à mon alcoolisme, ni à ma solitude. J'ai répondu oui. Je m'étais laissé guider sur le pont par une sensation d'égarement semblable à celle ressentie en compagnie de Mathieu. Il m'avait peut-être ouvert la voie, et si j'avais abouti ici, c'est sûrement parce que quelqu'un d'autre m'y attendait. La scène se jouait une deuxième fois, mais le décor était différent. Rien ne me ressemblait moins que ce lieu. C'est ce que je cherchais.

Je me suis levée pour m'approcher de la piste de danse, mon verre de vin à la main. Je me suis vite retrouvée entourée de danseurs qui attendaient leur place sur la piste. La même odeur âcre semblait émaner de chacun d'eux. J'ai reniflé la peau de mon bras pour voir si cette odeur m'avait touchée. En me concentrant bien, j'ai réussi à distinguer la touche fruitée de mon parfum. J'étais soulagée. Un peu rafraîchie. Une journée pouvait se passer ainsi, au gré du hasard, dans

la visite de mondes éloignés de soi, et le parfum continuait à s'imprégner.

J'ai commencé une sorte d'inspection. Il me
faudrait choisir. Je n'en avais pas l'habitude. J'avais
l'impression d'amorcer une série de gestes très com-
pliqués. J'observais le manège des autres, mais je me
suis vite rendu compte que rien de ce que je voyais ne
pouvait me conduire là où je voulais. Voici ce que mon
corps désirait: de petites aiguilles grattant la surface de
ma peau. Il me fallait quelqu'un avec qui les mots et
les gestes seraient solides comme du granit. Et il fallait
que cela se produise ce soir-là. Cette décision m'avait
guidée jusqu'ici, même à mon insu. Je croyais encore
aux miracles. Je n'avais jamais vécu dans l'expectative
d'un homme. L'amour, la passion, le lien entre moi et
un homme s'accomplissait ou pas. Avec Mathieu, c'était
presque arrivé. Il m'avait frôlée de près. Il me voulait.
Mais il était rempli de besoins et d'appréhensions. Il
était dangereux: même dans sa folie, je savais qu'il
pouvait m'attirer. Et je ne voulais pas communiquer.
Je ne voulais pas être désirée. Je ne voulais ni aimer, ni
être aimée.

Je suis retournée à ma place. J'ai continué à boire,
et chaque fois que quelqu'un voulait s'asseoir à ma
table, je signifiais qu'elle était prise. Cela devenait de
plus en plus gênant. Le bar était bondé.

Mais c'était mon soir de chance. Car au moment
où j'allais abandonner, j'ai aperçu un homme appuyé
sur une colonne près de la piste de danse. J'ai vu tout
de suite qu'il était différent des autres. Il ne collait
pas à ce genre d'endroit. Pas plus que moi en fait.
Cependant, lui, il ne semblait pas mal à l'aise. Il n'avait
pas l'air de s'ennuyer non plus. J'ai pensé qu'il était là

un peu par curiosité, comme quelqu'un qui visite un endroit au cours d'un voyage. J'ai continué à l'observer un moment et son regard s'est déplacé dans ma direction. La tête me tournait et j'ai dû faire un effort pour me lever. Je devais sembler un peu bizarre parce qu'il s'est mis à rire. Moi aussi. C'était une invitation. Il a compris.

Il s'est approché, puis il m'a demandé si je voulais prendre un verre avec lui.

Nous avons donc commandé une autre bouteille de vin blanc. Il s'avérait exactement tel que je le voulais. Assuré, dense, totalement dans le moment présent.

C'est ainsi que les choses sont arrivées. Par ma volonté, en quelque sorte. J'avais attendu, et j'avais très bien choisi. Ce n'était pas n'importe qui. Nous parlions. Il m'intéressait. Il a pris mon poignet pour le porter à son visage. Il l'a senti avant d'y déposer un baiser. Il aimait mon parfum. Cette simple réalité venait de prendre une importance capitale. J'ai dansé avec lui. J'ai murmuré quelques phrases liquides pénétrant dans son oreille et coulant à travers son corps comme une promesse de félicité. J'avais chaud. J'avais trop bu. La musique battait fort à mes tempes. Il a senti à nouveau le fruit sur mon poignet, et puis nous sommes sortis ensemble du *Tokyo*.

Je lui ai demandé de conduire ma voiture. C'était une sensation merveilleuse d'être assise sur le banc du passager et de laisser sa tête heurter doucement le cadre de la fenêtre ouverte. Il conduisait avec assurance. J'espérais qu'il ne briserait pas le charme en m'adressant la parole.

En arrivant chez moi, alors que je cherchais nerveusement mes clés pour entrer, il m'a prise dans ses bras en me demandant si j'avais besoin d'aide. Je me suis dégagée d'un geste brusque et j'ai enfin ouvert la porte. Je l'ai entendu me dire bonsoir et se retourner pour partir. Je ne m'y attendais pas. Je restais là, sur le seuil de la porte, ne sachant plus trop quoi faire, aussi désemparée que si je venais d'être abandonnée par quelqu'un de très proche. Et puis je l'ai retenu.

Nous avons traversé le couloir jusqu'à mon bureau, lui marchant sans bruit derrière, comme si j'étais seule, seule dans ma maison étrangère, comme s'il était une ombre, et j'ai tiré les rideaux pour faire entrer le vent et pour qu'il voie l'arbre et la lumière éclairant la nuit vacillante. C'était l'image la plus douce que je pouvais lui offrir.

Il a regardé les reproductions sur les murs. Puis il s'est mis à fouiller dans mes papiers. Je l'ai laissé faire. J'étais surprise par ma réaction, et à la fois satisfaite de cette preuve d'indifférence. Il a ouvert un cahier à spirale à la première page, qu'il a aussitôt refermé en souriant. Mon prénom y était écrit. Élisabeth, a-t-il dit. J'ai fermé les yeux pour ne pas penser à Jim.

Il m'a embrassée. C'était un homme aimant, cela se voyait. J'avais eu la chance de tomber sur un homme avec beaucoup de possibilités. Le bruit de son baiser à l'intérieur des murs sombres nous a projetés ailleurs. Je ne pouvais dire si nous nous trouvions au même endroit. Les soupirs, les murs de pierres entourés de malheurs. Peu importait. Je lui ai rendu son baiser. Je voulais m'emparer de quelque chose. Je voulais idolâtrer une effigie de rien. Juste un moment de vrai oubli. Juste la grâce d'un moment de présence inouïe. Les pensées gisaient à l'intérieur de moi. J'ai glissé ma main sous son chandail. Sa peau était moite.

— Je n'ai pas l'habitude, ai-je dit.

Jusque-là, j'avais toujours été d'abord happée par l'amour. J'ai défait la ceinture de son pantalon. Ma main a zigzagué doucement pour ne pas lui faire mal. La peau était encore plus moite dans les plis. Je voulais maintenant qu'il déboutonne ma robe. Je frissonnais, impatiente. Il n'y avait pas de sentiment.

Il m'a soudain repoussée. Il avait besoin de reprendre son souffle. Je ne comprenais pas pourquoi. Il s'est assis sur ma chaise.

— Il n'y a pas de chambre? a-t-il demandé.

La question était si naïve que j'ai éclaté de rire.

— Il y a une chambre, ai-je dit.

J'ai pensé qu'il était fatigué et qu'il avait peut-être besoin d'un peu de confort. Même si je n'en avais pas vraiment envie, j'ai tendu la main pour le mener jusqu'à ma chambre. Il a sifflé en entrant, faisant mine d'admirer le désordre. J'ai jeté par terre tout ce qui encombrait le lit. J'ai replacé les draps et la douillette. Je me suis tournée vers lui pour lui sourire. Ensuite, j'ai fait le geste de défaire le lit, comme si les choses entre nous commençaient là, dans ce geste empreint de familiarité.

Était-ce à moi de me déshabiller? À lui? Ce moment sans passion, plein d'inexactitudes, était sans doute le plus difficile à passer. J'ai fermé les yeux pour voir apparaître un segment de film. L'homme et la femme sont debout l'un en face de l'autre. Ils se déshabillent, la femme dégrafe sa jupe, laissant entrevoir des bas à jarretelles et une ombre de mont de Vénus bien rasé, elle se penche pour défaire les pinces qui maintiennent ses bas, ses seins jaillissent entourés de dentelles noires, l'homme a détaché les boutons de sa chemise, il sort un membre déjà dur, surtout si le travail a été bien fait en coulisse, et il s'approche. La femme le prend dans sa bouche. Ensuite il l'enfile. On voit le pénis entrer et sortir entre deux morceaux de peau rougeâtres et un peu flasques. La femme gémit sans cesse. Pas moi. J'ai ouvert les yeux.

— Viens, a-t-il dit.

Il y avait une odeur de renfermé dans la chambre, et je suis allée ouvrir la fenêtre. Depuis des jours, je ne dormais plus ici. Le miroir était toujours debout dans le coin, seul élément sophistiqué de la pièce. Une couche de poussière recouvrait la glace. J'ai ôté ma robe et j'ai essuyé la glace de haut en bas. Comme la fille dans le segment de film, j'étais penchée, mais mes seins tombaient comme deux animaux égarés. Je me suis relevée, j'ai regardé ma robe, elle était sale et je l'ai balancée par terre sur la pile de vêtements.

Son respect à mon égard était peut-être en train de fondre. Il devait entrevoir, par une sorte d'erreur de jugement, une aventure plus étrange que celles auxquelles il était habitué. J'ai eu peur qu'il s'approche du miroir, c'est pourquoi je me suis jetée sur le lit comme une jeune fille passionnée. Il a enlevé ses vêtements, j'ai vu chaque partie de son corps émerger de la grisaille, et il m'a rejointe.

Ma tête se remplissait d'images banales et de morceaux de phrases. Je voyais le petit garçon de Lorraine marcher sur le tapis tandis que sa mère pleurait dans sa chambre. Je voyais Mathieu cherchant à m'enlacer. Je voyais les vêtements de Jim entassés dans un grand sac. Je le voyais revenir sur ses pas et emporter ma photo. Je voyais un avion décoller, j'entendais le bonjour de ma voisine de palier, je voyais une plante flétrie dans le salon. Le corps de l'homme avec qui je me trouvais continuait pendant ce temps à s'offrir sous des angles différents. Il faisait noir, je devinais plus que je ne regardais. Il fallait que ma tête se vide. J'essayais de m'abandonner à ses caresses, mais sa main était trop lourde, il y avait trop de volonté en lui, et je lui ai dit de laisser faire. De ne pas penser à moi. J'ai plaqué mes deux mains sur son dos, et comme sa peau était mouillée, même en forçant pour rester en place, pour imprimer une marque, elles glissaient jusqu'à ses reins. Cela donnait envie de recommencer. De renoncer. Mon visage était enfoui sous son aisselle. Cela me rappelait Jim. Je me suis dégagée. J'ai pris son sexe dans mes mains mouillées et il s'est mis à respirer plus fort. Son souffle était chaud; il a soulevé une sorte de tempête et j'ai cru l'entendre de l'intérieur comme si mon oreille était collée à un coquillage pour écouter le bruit des vagues. Un léger tremblement a secoué mon corps. J'ai imposé un rythme plus rapide à notre chorégraphie, et au moment où il est entré en moi, j'ai pris sa main droite, j'ai serré le bout de ses doigts le plus fort possible et j'ai gratté avec ses ongles la peau sur ma joue, puis sur mon cou. J'ai commencé à gémir. Je ne souhaitais pas la douleur. Je pensais simplement à l'image : une série de petites égratignures formant une sorte de tableau abstrait sur ma peau. Ces marques me rappelaient un passage du *Kāma-Sūtra* : « La mémoire se perd comme s'effacent les traces des ongles. C'est ce qui arrive aux amants qui font l'amour trop rarement. » Je souriais dans le noir. Je ne connaissais que son prénom, Marc. Il ne chuchoterait pas le mien. Les morsures secrètes sur ma peau seraient l'essence de la révélation.

Je me suis levée pour aller à la toilette. La lumière était crue et j'ai vu qu'il y avait des plaques rouges sur ma peau. Une odeur de caoutchouc mêlée de sueur montait d'entre mes cuisses jusqu'à mes narines. Je suis retournée à la chambre et je lui ai tendu un mouchoir de papier. Il a mis le préservatif au milieu, il l'a emballé comme un cadeau, j'ai ouvert la main, il a déposé la petite boule de papier sur ma paume, et je suis retournée à la toilette pour le jeter. Preuve d'humanité. Je marchais dans le corridor, plus nue, me semblait-il, que je ne l'avais jamais été. Une nudité indifférente, vidée de son essence.

J'étais curieuse de savoir s'il me regardait. Jim me regardait passer de la noirceur de la chambre à la lumière du couloir. Je préférais la plupart du temps enfiler un vêtement. Il mentait sur ma beauté. Même son regard mentait.

Mais lui. Il a ouvert les bras pour que je vienne m'y reposer. Une intention affectueuse. J'ai allumé la lumière. Je me suis penchée vers lui, j'ai posé mes lèvres sur sa hanche, et ma main est venue se placer d'elle-même entre mes jambes. Il a compris que ce n'était pas fini. J'avais besoin de son aide. Le souffle chaud soulevant le sable sur ma peau. Jouir était l'exigence de cette nuit. Je voulais y arriver, avec lui, cet inconnu, justement parce qu'il m'était inconnu. Ses doigts, sa main fouillant dans la noirceur de mon corps, et tout le reste sur le chemin de la foudre. Voici l'endroit où il n'y avait ni phrase, ni ignorance, ni pensée. Je m'y rendais, les yeux fermés. Il n'était rien arrivé. Personne n'était parti et les mots s'égaraient. Jim n'avait rien annoncé. Puisque c'était déjà là. Puisque enfin cela arrivait. Puisque c'était ça se noyer : tendre les bras et puis les baisser. Puisque je savais. Jouir était l'exigence sauvage où je désirais sans parler m'enfoncer.

En me concentrant bien, j'y suis arrivée. Ensuite, il s'est endormi.

Il dormait, allongé, nu, à mon côté. Je pensais à la boule de papier qui reposait dans la corbeille de la salle de bain. Je m'imaginais traversant le couloir soudain envahi par les flammes. Sans faire de bruit, je suis allée m'étendre sur le divan; j'étais satisfaite, ma curiosité avait été satisfaite, et je voulais m'endormir seule, dans l'inorganisation, là où était ma place.

2

— Tu pars parce que je suis vieille et impuissante, avais-je dit à Jim.

La phrase était née sans avertissement et elle avait atterri par terre avec le même bruit qu'une tasse qui glisse des mains et va se fracasser sur la céramique. Une seconde d'attraction remplie de regret. J'avais fait depuis longtemps l'inventaire des raisons qui le pousseraient à partir. Celle-là venait de me traverser l'esprit. Je m'en délectais. J'avais fermé à clé la porte de la chambre pour plonger dans la détestation de mon corps. Le mal était de plus en plus insaisissable dehors, et il prenait désormais l'aspect d'une lutte avec moi-même. Cette enveloppe qui vieillissait, cette enveloppe sans existence, je n'arriverais jamais à lui donner une forme continue.

Par exemple, la respiration de Jim de l'autre côté de la porte.

— Je suis vieux moi aussi, avait-il dit. Et tu ne pars pas !

— C'est différent.

— Mais pourquoi ?

— Parce que toi, tu as déjà réussi à t'exiler. Et parce que tu continues à le faire.

J'avais deviné sa colère. Il s'était mis à marcher de long en large. Puis, d'un coup de pied, il avait forcé la porte pour venir me rejoindre. Il s'était couché sur moi, me recouvrant de tout son corps. J'étouffais sous son poids. Il cherchait l'accès à un endroit où tout se passait. Un endroit où les secrets étaient simplement vivants, non dits mais vivants, et par le fait même, source d'un plus grand amour. Je ne pars pas, je ne pars pas, répétait-il doucement. Il s'enfonçait plus loin, il brisait la clôture de mon corps. Je ne pars pas, suppliait-il. Je n'ai que toi. C'est alors que j'avais senti une larme tomber sur ma joue et puis lentement glisser pour venir se poser sur mes lèvres. Le sel, la guerre, la lumière et la pénombre, les villes et les hommes: tout l'univers s'était insinué en moi pour finir par creuser une petite tombe où s'était cristallisée la douleur de Jim.

Je venais de faire l'amour avec un homme de qui je n'étais pas amoureuse. N'arrivant pas à m'endormir, j'avais repassé dans ma tête chaque geste commis. J'adressais à Jim cette idée ironique: ces gestes n'illustraient-ils pas une sorte de phase un de l'évolution de l'amour chez l'humain? Tout arrive par la faim. Je pensais au bestiaire de mon enfance: deux animaux complexes, beaucoup plus complexes que les invertébrés marins, par exemple, faits pour se joindre, mûrs, cherchant à se nourrir. L'existence d'un attrait entre le mâle et la femelle commençait à se manifester dans le groupe des Vers et cela évoluait, selon la lecture que je faisais du *Bestiaire*, jusqu'à l'humain. Je pensais que la frontière entre animaux et humains résidait dans l'existence d'un passé et d'un avenir amoureux. Il y avait malgré tout une différence significative dans le fait d'aimer ou non, et elle se trouvait peut-être justement là, dans la confusion qui envahissait à cet instant précis mon cerveau. En revanche, je captais bien la présence de l'étrangeté et de la désillusion dans mon appartement; elle avait traîné dans l'atmosphère depuis le départ de Jim, et voilà maintenant qu'elle s'incarnait dans ce corps endormi dans mon lit. Je me souvenais d'avoir entendu un expert s'exprimer à la télévision à propos d'une nouvelle forme de sexualité aujourd'hui basée sur l'amitié. La sexualité, l'amitié, des sujets à la mode : tout le monde avait son mot à dire là-dessus. Nous vivions à une époque où le seul fait de se taire était presque un exploit. L'expert avait donc parlé d'une sexualité perçue comme une activité sportive, un exercice pour la santé des corps. Cette idée m'horrifiait. J'espérais que l'homme rêvant dans ma chambre ne me ferait jamais don d'une telle amitié.

Quand il s'est levé, il m'a trouvée dans le salon en proie à un cauchemar. Je pleurais en dormant. Il a posé sa main sur ma joue. J'avais peine à me réveiller. Il a continué de caresser ma joue, là où se trouvait le souvenir de la veille. Puis, après avoir séché mes larmes, voyant que je ne parlerais pas, il a dit qu'il devait s'en aller, mais qu'il reviendrait. Je n'en croyais rien. J'ai ouvert les yeux pour le regarder partir. La vue de son dos m'a fait l'effet d'une gifle. En une fraction de seconde, la nuit venait de passer par le trou d'un entonnoir.

Il reviendrait. C'est ce qu'il avait dit. Je me suis levée pour vite chasser cette idée. Dans mon rêve, il y avait une épreuve difficile à traverser. Je ne me rappelais pas laquelle. Mais l'épreuve était là, bien réelle. Et une partie de mon être avait pleuré. J'étais debout, seule, devant un mur invisible. De ce rêve restait une vague impression de deuil sans personnage. La petite tombe nichée dans mon corps.

J'ai tenté de mettre un peu d'ordre dans ma chambre. Le plus difficile restait encore la poussière. S'en défaire demandait un effort que je n'avais plus envie de fournir, l'effort de toute une vie. La laisser là impliquait un changement de perception, une métamorphose qui finirait peut-être par me gagner tout à fait. Je n'étais pas prête à cela non plus. Des grappes de saletés de plus en plus compactes migraient sous mon lit : on aurait dit qu'elles vivaient. La tête penchée sous le sommier, j'avais l'impression de regarder à travers la maladie de la vie. J'ai lissé les draps pour faire disparaître les plis. J'aurais voulu qu'ils soient plus rudes, comme dans une chambre d'hôtel. J'aurais voulu m'y vautrer et ne plus bouger. Mais j'étais encore retenue. Le soleil avait envahi la pièce. J'ai fermé les rideaux.

Dans mon horaire, j'en étais à une journée d'écriture. Je suis entrée dans mon bureau, j'ai salué mon arbre d'un sourire machinal, et je me suis attelée à la tâche ardue de parcourir le travail déjà accompli. Je tournais les pages de mon manuscrit. J'avançais, puis je revenais en arrière. Quelque chose clochait. Je lisais les mots, un à un, sans faire de liens, incapable de comprendre ce que j'avais écrit. J'avais l'impression de lire une langue étrangère, inexistante même. L'Histoire, la poésie, les songes, l'analyse que j'en avais faite, tous ces motifs que j'avais tenté de dompter, de faire tenir ensemble sur une ligne de pensée claire, sensible et vibrante ; l'extase, la mort, l'errance, les correspondances entre corps, planètes, plantes, l'esprit poétique et le pouvoir de la raison, le langage des lieux, des symboles, des objets, la quête, l'identité, la solitude occulte des amants, leur course à travers les ténèbres... Tout cela était redevenu une énigme. J'imaginais que des extraits de textes choisis quittaient la page pour rejoindre la citation de la Bible sur le mur. Ces mots retournaient à leur désir sacré, irréductible à quelque notion que ce soit. C'était des poésies venant de la vision d'un monde enchanté. Et je me trouvais encore si loin de ce monde. Ce que j'avais appris était dérisoire. Le secret de vivre ne m'avait pas été dévoilé.

J'ai déchiré la première page, puis toutes les autres, une à une. C'était un acte si peu naturel qu'il m'a fallu fournir un effort presque physique au début, et ensuite, mes gestes se sont enchevêtrés dans un sentiment de fureur un peu enfantine. Je détruisais un objet portant le poids de ma propre valeur. Ça ne voulait pas dire grand-chose, bien sûr, puisque tout était conservé dans la mémoire de l'ordinateur. Mais pour la personne organisée que j'avais été, c'était beaucoup. J'entendais le son que faisaient les feuilles déchirées et les mots désormais délivrés saluant le désordre. Splendide échec. Échec encore plus grand puisque je n'avais personne à qui en faire le récit. Des bulles d'air explosaient autour de moi, la compréhension se désagrégeait, et j'étais seule à découvrir la joie que cela engendrait.

Le soleil avait finalement abouti sur ma joue qui brûlait. Cette sensation me plaisait. Les pages déchirées traînaient par terre. Quand il y avait un coup de vent, même léger, des morceaux de papier se soulevaient du sol et valsaient. J'aurais voulu en faire un grand feu. J'aurais pu ensuite souffler sur la braise et voir monter en spirales, et puis redescendre doucement, de minuscules restes de papier noircis. J'aurais pu disperser les cendres aux quatre vents comme on le fait avec les

cendres d'une personne chère. Je cherchais simplement un moment de beauté. Une sorte d'épiphanie.
Mais ce n'est pas ainsi que les choses se passent. Pas tout
à fait. Pas toujours. L'automobile pique dans l'eau sans
murmure. Les mots s'effacent des pages. Les cicatrices
deviennent invisibles. Peu importe, une partie de ma vie
était maintenant en miettes. Les marques sur ma peau
resteraient encore au moins quelques jours. J'entendais
les oiseaux qui, nombreux, s'affairaient sur les branches.
L'image était banale, mais elle me convenait.

J'ai ouvert le cahier dans lequel j'avais déjà noté
mes rêves, celui où Marc avait découvert mon prénom.
Je pensais à ce que je pouvais offrir de nouveau à Jim,
même à son insu. Je pensais aussi à mon père et à son
journal de bord. Les notations dénuées, à première
vue, de sentiments, me paraissaient maintenant plus
justes que je ne l'avais cru. Les mots étaient là, présence sans espoir, entre la vie et la mort. Je voulais faire
comme lui : transformer une vie personnelle en nombre de caractères dessinés avec soin.

Ainsi ai-je commencé à écrire ce que j'intitulais
Le Livre d'heures d'Élisabeth. Pour Jim, et surtout pour
éprouver, à l'instar de mon père, le simple plaisir de
tracer les lettres. C'était le plaisir d'une copiste beaucoup plus que celui d'une diariste. J'ai toujours préféré
de toute façon écrire avec les mots des autres. Vient
un moment où le sens des mots copiés s'embrase tout
en restant intact à l'intérieur. C'est une sorte d'idéal :
entrer dans une peau expérimentée et vierge à la fois.
Aussi, j'ai continué avec les mots d'Hildegarde :

« Le corps a le goût, le goût a le plaisir ; l'âme a le
désir et le désir a la volonté. L'âme est comme le feu, le
corps comme l'eau, et ils sont ensemble. »

Ces phrases possédaient bien sûr des replis où se terraient des bribes de dialogues entre Jim et moi. Il était là, penché au-dessus de mon épaule. Je quittais le silence pour lire à voix haute une phrase choisie juste pour lui. À cet instant, il n'y avait plus d'exil. Il n'y avait que le son de ma voix, résonnant comme celle d'une autre, et les mots de Jim qui avaient mordu à l'appât.

Les oiseaux piaillaient de plus belle. J'ai quitté mon passé pour les écouter. Alors que la nuit avait déposé sur moi la poussière d'un deuil incompris, leur chant à eux était celui des retrouvailles. J'ai continué :

Le printemps
J'ai rêvé que je faisais l'amour avec l'étudiant-prophète. Il a suffi qu'il passe sa main sous ma robe bleue pour que je m'enlise. Sa main maladroite essayait de me malmener. Je me suis réveillée, juste à l'orée du plaisir.

Le mois de mai
Je voudrais réussir à vider mon corps de son âme, puisque j'ai failli. Ainsi, je pourrais devenir un de ces animaux que tu traques. Pas même, puisque les animaux aussi ont une âme, pas même, une larve, l'écume d'une sirène à la dérive.

Le mois de juin
Devant mon immeuble, les iris sont en train de s'ouvrir.
Le premier homme qui m'a touchée après toi échappe à la description. Son corps, plus lourd, plus grand que le tien. J'ai oublié de regarder. C'est avec l'ouïe que j'ai réussi à me soumettre. La jouissance est venue, sable broyé dans mon oreille.

Depuis l'adolescence, chaque fois que je pensais à mon corps, c'était en le voyant dans l'ombre d'un autre. Dans l'ombre, il y a mon corps et celui de l'homme. Il essaie de m'atteindre comme si c'était la fin et le commencement. J'ai toujours demandé ce moment parfait. Je le demande. Il me retient par les hanches. De sa bouche provient une lamentation presque silencieuse. Je m'empare de lui. Il s'empare de moi. Nous sommes deux. Nous sommes seuls, chacun dans notre folie. Un parfum violent de terre envahit l'image.

Voilà ce qui s'était produit, la première fois avec Jim. Ainsi que toutes les autres fois, différentes les unes des autres.

Au début, il y avait eu des jours, des semaines sans même nous toucher. Une façon d'étendre le temps entre nous, de mettre la table pour nous nourrir chacun notre tour à même l'appétit. Et puis sa voix au téléphone, son accent: je voulais les faire durer. Juste par les sons qu'ils produisaient, ses propos se chargeaient de sens; j'y voyais des côtes battues par le vent et la pluie, des rochers où les vagues venaient se frapper et surtout un paysage dur et façonné par l'Histoire. Je m'enfonçais, le cœur battant, à l'intérieur de cet écran d'images qu'il appelait, lui, des clichés de cartes postales. Il en riait, bien sûr, puisqu'il avait passé son enfance dans une rue grise de Belfast avant de s'exiler à Boston, où nous nous étions rencontrés. Et la guerre, tu as pensé à la guerre? me disait-il. Oui, justement, je pense toujours à la guerre. Justement, j'essaie de ne pas l'oublier. Je disais ça pour demander pardon. Je pense à la guerre. Je donnerais bien ma vie pour qu'elle cesse, et parfois même pour y être, que mon sang se déverse dans ce ciel de fumée noire. Mais lui non plus ne semblait pas avoir beaucoup de mémoire. Seulement un incessant désir de départ. Et peut-être, aussi, je l'espérais, d'arrivée. Oui, il arriverait un jour, avec des boîtes remplies de photographies d'animaux, de lettres de sa sœur, de revues et de livres, et tous ses vêtements. Il resterait ici, il choisirait cette ville pâle et incertaine, et ce serait pour moi. Pour moi.

Alors tous ces mots chuchotés, ces soupirs partagés au téléphone. Et ensuite, nous naissions, heureux, tendus par le besoin, emprisonnés dans un globe de sensualité. Puis il avait fallu tendre la main pour briser la fine surface de ce globe, nous nous étions embrassés, debout, tels des mariés au milieu du désert, ses valises rangées contre le mur comme des histoires tristes, et tous les gestes s'étaient échappés en même temps, tous ceux que nous n'avions jamais faits, mais qui contenaient l'avidité des gestes déjà goûtés et manquants, une grâce, une gravité, une force vitale, une impudeur absolument parfaite. Comment cela pouvait-il avoir lieu ? Nos corps habiles et affamés et jouissant sans l'ombre d'une déception ?

Heureux ? Alors, c'était l'amour ? C'était le poids du bonheur qui déployait lentement ses ailes au-dessus de moi pour m'emporter ?

Ses valises avaient vite été remisées, et l'appartement s'était garni peu à peu. Les meubles existaient, réels comme des trophées de chasse. La femme et l'homme existaient en se détachant nettement du reste du paysage. Il y avait de si nombreux moments de pure coïncidence où ils étaient vraiment ensemble. Ils avaient perdu le visage qu'ils offraient aux autres. Leurs corps en demandaient toujours plus. Dans le noir, le jour, dedans, dehors, ils avaient baptisé toutes les pièces, et ils recommençaient dès qu'ils découvraient qu'une partie de leur corps n'avait pas encore été assez touchée. Je m'éveillais tous les matins en trébuchant sur ce miracle, l'amour, pas celui des autres, mais le mien, le sien. Je me postais devant l'amour, comme lorsque j'étais petite devant le tableau, et j'attendais qu'il m'imprègne, en entier d'abord, puis morceau par morceau, phrase par phrase, geste par geste, illumination par illumination. Et j'y étais, j'y étais; par un mouvement inverse que celui souhaité, j'entrais dans le corps de la femme aimée, aimante, et supportant le joug des secrets de tout ce qui vit et meurt sur la terre. Je priais d'y être, et j'y étais. J'appartenais enfin au vaste monde.

Et puis un jour tout s'était mis à vaciller. Puisque c'est ainsi, puisque l'amour fabrique lui-même son propre poison. Il y avait ce poids qui me pesait. Jim n'était pas tout à fait avec moi. J'ai mis du temps à le comprendre. J'attendais qu'il parte pour respirer. Il me manquait. C'est dans le manque que je respirais. Le bonheur déploie son aile et au même instant son mouvement montre la peur. Je n'y arrivais pas. L'amour exigeait trop de perfection. Et puis le vaste monde continuait à mourir.

— Est-ce que tu as besoin de moi?

Il revenait de voyage et la question s'était immiscée entre nous comme un enfant jaloux. Sa mère était morte quelques semaines plus tôt et il avait passé des heures au téléphone avec sa sœur. Une voiture piégée avait explosé dans la petite ville d'Omagh, entraînant la mort de nombreuses personnes et causant des blessures à des centaines d'autres. Un des pires massacres perpétrés depuis le début des troubles en Irlande. Et

Jim refusait d'y retourner. Il était orphelin. Il se voyait tomber dans la fosse où reposait la tombe de ses parents pour un geste non posé. Une lâcheté. Je ne savais pas quoi. À moi, il ne disait rien. Sa sœur Kathy l'avait traité de lâche et je l'avais trouvé un soir assis dans mon bureau, la bible de ma mère sur les genoux. Il caressait les pages à bordures dorées, précautionneusement, avec le soin qu'on porte à un manuscrit ancien. J'étais surprise parce qu'il n'avait jamais voulu entendre parler de près ou de loin de religion. Mais il était assis là, en train d'accorder de l'importance à cet objet grave et plein de visions.

— Qu'est-ce que tu fais?
— J'essaie de comprendre.
— C'est le souvenir de ma mère.
— Je sais.

J'avais tenté de me rapprocher de lui. Il m'avait souri avant de remettre la bible à sa place sur l'étagère de la bibliothèque.

— Tous ces livres que tu as lus. Ils ne parlent que de morts.

Ce n'était pas exact. On ne pouvait pas le formuler ainsi. Mais c'était une attaque et il ne m'avait pas donné la chance de répondre. Il était sorti de la pièce, délaissant sa colère qui se vidait maintenant à mes pieds. La colère était vide, dépossédée, autant qu'il pouvait l'être. Je n'avais sans doute pas réussi à être assez proche. C'était ma faute. Il fermait une porte, il retournait secrètement sur les lieux de son enfance. Il y avait un père assassiné. Il y avait le rituel paramilitaire: des hommes et des femmes en noir tiraient une salve au-dessus de la tombe, puis les hommes applaudissaient et, juste à côté, le jeune homme spectateur s'imaginait portant une arme lui aussi. Il y avait la peur, le son des explosions de toutes sortes. Il y avait quelques promenades à la campagne, seul avec sa mère, sous le regard de Dieu. Les voici, les verts pâturages. Le voici, lui, son double quittant sa mère, dévalant la côte et fuyant, fuyant. Et puis sa solitude inondait le présent.

Mon corps avait donc été un instant drapé de lumière. Je l'avais vu ainsi. Dans le miroir, dans le regard de Jim qui avait la capacité de tout détruire et de tout transformer.

Et puis de simples questions avaient fini par former un labyrinthe où nos sentiments se perdaient.

Est-ce que tu m'aimes? était une question simple qui se butait pourtant, de plus en plus, à un silence annonçant le danger.

Les choses changent, disait-il alors, sans conviction. Il regardait en lui-même.

J'ai laissé son visage apparaître. Ses cheveux noirs où brillaient des fils argentés, ses yeux bleus entourés de petites rides. Sa bouche qui avait toujours le pouvoir de m'aimer, même à son insu.

Il n'y avait pas de vrai souvenir. Il n'y avait que l'étreinte, forme puissante de la vie. Car rien n'a jamais été déchiffré.

3

Je suis retournée au *Tokyo* pour revoir Marc, après des jours d'attente dans le silence. La voix de mon père me parvenait parfois au téléphone comme d'une contrée lointaine. Je m'étais rendue à deux reprises à la bibliothèque dans l'espoir de parler à Lorraine, mais elle était absente. J'ai tenu pour acquis qu'elle était en vacances. Je m'accrochais maintenant à l'idée que seul Marc pouvait me révéler le secret qui me manquait pour continuer à vivre. Non pas que je souffrais, au contraire, ma pensée se dégradait et cela me procurait un sentiment de victoire. Cependant, le goût était amer. J'étais consciente que cet homme, Marc, ne savait rien lui non plus, mais j'avais besoin de son corps. Le hasard l'avait choisi. J'aurais pu passer d'un homme à l'autre pour me salir jusqu'à en perdre la raison. Trop simple. Presque convenu. Je n'avais rien à profaner, ni ma beauté, ni surtout la perte de cette beauté. Je quittais ma forêt pour emporter avec moi un spécimen des vivants. Je voulais toucher, et retrouver la capacité de pleurer. C'est une façon maladroite de le formuler, mais il n'y en a pas d'autre. Je ne pouvais pas rester aussi seule. Je ne pouvais pas.

J'ai vite compris que Marc ne faisait pas partie de la masse d'habitués. Tous ces gens habillés de la même façon et qui croyaient néanmoins se distinguer les uns des autres. Leurs corps lisses et fermes tressautaient sans émotion. Ils ne savaient rien, eux non plus.

À mon arrivée au *Tokyo*, la serveuse m'a reconnue et accueillie comme une des leurs. Plus précisément, une sorte d'excroissance de sa famille reconstruite et nombreuse, une petite cousine éloignée. Elle m'a souri. Ça m'a mise encore plus mal à l'aise. Je lui ai demandé si elle se souvenait de l'homme avec qui j'étais l'autre soir, et si elle savait où je pouvais le trouver. Elle l'ignorait. Elle a hoché la tête puis m'a offert un verre d'un air désolé. Elle me prenait en pitié. C'était donc l'image que j'offrais aux autres: une femme esseulée, à la poursuite d'une ombre d'homme. Trop vieille pour appartenir encore à la meute, trop jeune pour y échapper. Cette image était risible, mais elle collait à la réalité de l'endroit. J'ai vidé mon verre d'un trait, puisqu'il m'avait été offert, autant en profiter, et je suis sortie. Marc m'avait dit qu'il reviendrait, je devais lui faire confiance et continuer à l'attendre chez moi.

Attendre. La dérision de cet état m'est apparue soudain. Depuis que Jim m'avait quittée, pas un instant je n'avais espéré son retour. Je ne savais même pas où il était. Je croyais mériter ce qui m'arrivait. C'était dans l'ordre des choses, un ordre écrit dans le ciel trop bleu. Et voilà que j'attendais la venue d'un homme qui m'était étranger. Je me jouais sûrement une farce à moi-même.

Cela ne m'a pas empêchée de me terrer à nouveau dans mon appartement dans l'espoir qu'il se manifeste. Les sentiments étaient là – c'est ainsi que je les concevais –, avec ligne de départ et ligne d'arrivée. Je n'avais plus qu'à attendre le coup de sifflet et puis à entrer et sortir, comme un nageur qui entre dans l'eau et qui en sort. En y pensant bien, cet homme ne m'était peut-être pas plus étranger que Jim avec qui j'avais vécu pendant toutes ces années. Si je ne pouvais rien imaginer de sa vie présente, c'est que j'ignorais peut-être qui il était vraiment. La partie la plus importante de sa personne, il l'avait gardée pour lui. C'est sans doute pourquoi j'ai toujours su qu'il partirait. Il fallait qu'il reparte.

D'infimes reliques continuaient à se détacher de notre histoire par à-coups. En faisant l'amour avec un autre homme, je me rapprochais de ma peine et de mes pauvres souvenirs. Des faits se répétaient dans un mouvement de spirale. Un petit restaurant de quartier surgissait. Nous y voici, goûtant à peine ce qu'il y a dans notre assiette. Je regarde le visage de Jim. J'essaie de bien scruter les détails, de trouver la brèche. Lui, un homme qui a fui son passé, et ensuite son présent, avec une telle certitude. Je lui demande à quoi il pense. À rien, répond-il. C'est vide là-dedans, ajoute-t-il en se frappant la tête du poing.

Une plaisanterie, bien sûr. Mais qui cachait une réalité. Car c'est ce vide qui m'avait aspirée, et qui continuait sans doute à l'aspirer, lui. La décision semblait lui avoir été dictée par une force irrésistible et il avait transporté chez moi ses lourdes valises. C'est la preuve de mon amour, affirmait-il. La lourdeur de ses valises. Ses gestes. Son infaillible gentillesse à mon égard. Mais dans l'histoire, il y avait la nuit, et il y avait les rêves. Il y avait derrière la surface parfaitement reconnaissable de l'amour ce paysage où poussaient des lierres. Le doute ne disparaissait jamais tout à fait.

21 juin : le jour le plus long

Je me suis appliquée au travail de la vue. Je lui ai demandé de se déshabiller et de poser pour moi. Ses pieds sont solidement posés sur le sol comme des pieds sculptés sur un socle. C'est ce qui le distingue : toute sa silhouette s'élance à partir de ses pieds.

Les tiens, j'avais toujours l'impression qu'ils étaient sur le point de décoller. Ils m'apparaissaient entre tes jambes, telles deux sentinelles, au moment où, accroupi, tu amenais ton sexe à ma bouche. Cette vision s'ouvrait et se refermait comme une fleur d'hibiscus à l'intérieur de mon cerveau.

Il ne bouge pas. Il se prête au jeu. Je lui ai dit que j'écrivais un livre, une sorte de traité poétique sur le corps. J'ai menti. Il m'a crue, à sa manière. Dans une sorte de curiosité évasive. Quand j'ai fini d'écrire, il s'approche et me demande avec un sourire ce qu'il doit faire maintenant. La vue ne m'a pas excitée. Je ferme les yeux pour entrer dans une scène où il se multiplie.

C'étaient les faits. Les détails. Le corps froid de l'amour.

— Jim entrouvrait ses lèvres comme ça pour m'embrasser.

Marc était enfin revenu. J'avais fermé les yeux après avoir fait son portrait dans mon cahier.

— C'est donc ça, a-t-il dit. La maison presque vide, et toi.

Il a reculé un instant, inspectant la pièce de son regard un peu déçu. Il pensait sans doute au cours accéléré que je lui avais donné un peu plus tôt à propos des reproductions sur les murs. Il avait cru peut-être que je m'ouvrais à lui. C'était vrai, mais d'une autre façon. Puis il a tendu la main vers mon visage.

— Montre-moi.

J'ai posé un doigt sur sa bouche et j'ai entrouvert ses lèvres à la façon de Jim.. Elle étaient sèches, mais attrayantes. Son regard était triste. Nous nous sommes embrassés.

C'était froid. Insensé. J'ai fermé les rideaux pour me cacher de l'arbre, et de la lumière. J'avais encore trop conscience de l'imperfection de mon corps. Que voyait-il? Quelle sorte d'odeur s'en dégageait-il? Comment la décrirait-il ensuite? Je savais que les émotions ont une odeur. Par exemple, la peur donne une haleine un peu âcre. Que sentaient donc la solitude, le vieillissement, l'impuissance? Jim reconnaissait le goût et l'odeur de mon désir. Il reconnaissait aussi le moment d'exaspération et la jouissance. Des odeurs spécifiques de notre étreinte. Elles donnaient une profondeur à notre lien. Mais là, il n'était pas vraiment question de désir, de véritable lien non plus. C'était plus intemporel. Pour ainsi dire, plus universel.

Je commençais à transpirer. Je savais que cette odeur-là était légèrement sucrée et que ça ne pouvait que plaire à mon amant. C'est ainsi que je l'appelais maintenant en pensée, comme si je le coiffais d'un titre de chapitre: l'amant, l'ami, l'amoureux, l'ennemi... Il était excité. Prêt à s'oublier. Il m'a débarrassée de mes vêtements. C'était déjà plus facile. Dans l'ombre, dans la solitude, dans l'amour perdu, dans le regard de l'Histoire. Voici que je n'étais rien, à nouveau. Voici que je voulais, de cette façon, être tout à fait présente. Les images sur les murs me parlaient. Licornes, fruits, fleurs, insectes, médaillons. Attachez-moi à cette vision.

Debout, nus, dans le jardin sombre des morts et des absents. Il a pris mes seins dans ses mains, et puis dans sa bouche. C'étaient encore des seins de jeune fille, une partie bénie de mon corps. Il me léchait, il me lavait et me salissait. Ses yeux fermés, puis ouverts. Je restais immobile, tandis qu'il remplissait tout l'espace de mon bureau. Sa grandeur m'intimidait. J'avais l'habitude d'hommes plus petits. Je voulais bouger mais n'y arrivais pas. Il travaillait sans répit, comme quelqu'un qui vénère sans savoir pourquoi. Qu'est-ce que l'éternité ? Qu'est-ce que le néant ? Je suis. Voici mon enveloppe altérée, voici le cruel déplacement de l'air sur ma peau. Il fallait peut-être prononcer une phrase ? Dire ce dont j'avais envie ? Mais les paroles peuvent déclencher la passion ou l'agacement. Tout dépend des hommes. Les paroles peuvent s'immiscer sous la peau, balayer la surface des pensées. Je me suis agenouillée par soif. Il fallait que j'ouvre la bouche. Les poils de son pubis étaient frisés, humides et châtains. Tout le monde avait envie d'y enfouir sa tête. J'imaginais. Je voulais avaler. Je voulais tout prendre. J'imaginais. Il a reculé. Par pudeur ? Par dégoût ? Le dégoût était toujours possible, envisageable même. Le dégoût dans l'acte sexuel était une sensation qui se pointait parfois comme un intrus dans la maison du désir. Jamais on n'aurait osé l'avouer, mais parfois, cela faisait partie du tableau, un trait de crayon caché par des éclats de gouache. Je me suis avancée à nouveau vers lui, j'ai repris son sexe dans ma bouche, j'ai compris qu'il fallait que je sois plus douce, plus repentante non pas envers lui, mais envers autre chose de plus diffus. J'ai été douce, il a joui en tenant mes deux seins dans ses mains. Image presque mythique. Madone aux seins nus, remplie de compassion. L'endroit où nous nous trouvions, ma maison, mon travail, ce plancher poussiéreux, tout a pris une teinte étrange, comme si le passé était encore à venir. Il n'y avait pas de sentiment. C'était ample, et j'ai recraché sa semence dans ma main, délicatement, pour ne pas trop lui déplaire. Il a souri toutefois en s'étendant sur le plancher, ne bougeant plus pendant de longues minutes chaudes et inconfortables. Et quelle était la différence entre aimer et ne pas aimer? La question attendait toujours au bord de mes lèvres. Car il me plaisait. Était-ce le début de l'amour ou une forme du souvenir un peu obscène, truquée?

J'ai bien dû me lever pour aller me laver les mains.

De l'homme, il reste toujours une humeur, ai-je chuchoté en souriant. Je pensais aux citations sur le mur, aux traités sur le corps humain.

Ainsi, les choses se répétaient, même si Marc ne pouvait pas saisir aussi instantanément que Jim la ré-férence médiévale, même si je cachais mes pensées, même s'il ne me connaissait pas; si j'oubliais certains faits, le sentiment de se perdre, par exemple, la com-munion, oui, si j'oubliais ces faits, les corps étaient presque interchangeables, je voulais croire, si je fer-mais les yeux et recevais des caresses, si j'en donnais en retour, je pouvais dire des phrases un peu piquan-tes ensuite, je pouvais croire, et de retour dans mon bureau, je pouvais vouloir que tout recommence. Je pouvais croire. Je voulais.

Mais Marc était en train de se rhabiller.

— Parle-moi de lui.

— Pourquoi?

— Parce qu'il est entre nous.

J'étais nue et je sentais l'inégalité se faufiler dans la pièce.

— Il n'y a rien entre nous. Et je n'ai pas envie d'en parler.

Il s'est assis à mon pupitre. Il n'avait pas l'intention de lâcher prise.

— Dis-moi quelque chose.

— Il est parti. C'est tout.

— Et toi ?

— Moi, je suis là.

J'avais envie de sombrer. La scène dans ma tête ne voulait pas en sortir : je me voyais à quatre pattes sur ce plancher et lui qui me pénétrait en me tenant par les hanches. Je ne pensais qu'à ça. Ce cliché. Peut-être, me disais-je encore, que je ne pensais qu'à ça depuis que j'étais toute petite, depuis la première fois que je m'étais imaginée ainsi dans le salon chez les amis de mes parents. Je voyais les corps, mais pas nos visages. C'étaient des images empruntées. À des photographies. À des films. Sur le plancher, dans le gazon, sur le lit, sur un tapis de feuilles mortes. J'avais peur que ma peau soit trop flasque par endroits, mon ventre trop plissé, mais l'envie dépassait la gêne. J'avais été surprise de constater la laideur de certains corps dans les films pornos que je louais parfois au club vidéo de mon quartier. Certains personnages, surtout les hommes, étaient repoussants. Surtout leur peau. Leur peau n'avait rien d'attirant. Ce devait être des films à très petit budget. Mais je n'étais pas une spécialiste. Je ne pouvais pas citer de noms de réalisateurs, comme d'autres qui s'en vantaient, puisque ça aussi c'était dans l'air du temps. Je me plaisais à me sentir hypnotisée par ces images, voilà tout. J'avais très vite initié Jim à ce voyeurisme léger, inoffensif, et il y avait pris goût. Ce qui nous intriguait le plus, c'étaient les actrices qui se donnaient des noms de personnages célèbres, une en particulier, qui avait choisi de s'appeler Eva B. C'était une vedette pas vraiment belle mais très présente, précise et dure comme la perte de foi. Eva B. se faisait jouir elle-même devant son mari, et ensuite, elle l'obligeait à se tirer une balle dans la tête. La scène repassait.

Je ne voulais pas lui parler. Lui, Marc, et son corps musclé. C'est une sorte d'injustice, avais-je toujours pensé. Le scandale de vieillir et d'être une femme. Surtout, ne pas en parler devant l'homme. Sourire, et revoir sa mère sur son lit d'hôpital, s'obliger à refaire un trajet dans l'Histoire, une piste qui conduit aux flammes, au bûcher, aux assassinats répétés, à la folie d'Hitler et même d'Eva B., l'actrice jouant le rôle dans une indifférence malsaine. Remercier Dieu pour une fois. Mais lui, Marc, demandant un peu de compréhension, il me fallait trouver son défaut pour éprouver quelque chose. Sa faiblesse physique. Une idée de lui qui basculerait ensuite en nous quand nous ferions à nouveau l'amour. Jim avait un corps étrange que je n'arrivais plus à décrire : impossible, par exemple, de savoir quelle sorte de beauté il affichait. Mais ce corps s'emmêlait au mien d'une façon parfois presque insupportable. Je voulais qu'il ressuscite à cette minute. Je voulais que cette insupportable proximité apparaisse à nouveau. Le visage de Jim se transformait quand il jouissait. C'était sérieux. Tout était sérieux avec lui. Il jouissait comme quelqu'un qui meurt enfin délivré. Marc, lui, jouissait comme les autres : l'air un peu béat. Peut-être. Je ne savais pas encore. Je n'avais pas osé regarder. Les images repassaient.

Il existait dans mon enfance une deuxième série de photographies. Mon père nous avait emmenés faire la visite du cargo sur lequel il travaillait cet été-là. Nous avions monté les échelles, ma mère et moi. Le bateau était presque vide. Nous avions visité la cuisine, les chambres minuscules, la timonerie : jusque-là, j'étais surtout impressionnée par la hiérarchie qui imposait un ordre de grandeur dans les chambres, à table, etc. Puis nous étions descendus à la salle des machines que ma mère appelait l'enfer à cause du bruit. C'est alors que je suis remontée à toute vitesse et me suis retrouvée dans un couloir étroit où se trouvait une sorte de table de contrôle. Le souvenir de l'endroit est toujours resté vague dans mon esprit. Mon père et ma mère me cherchaient. Un homme était assis à la table de contrôle, il a entendu mes parents m'appeler, s'est retourné et m'a souri, et derrière lui, derrière son sourire, j'ai aperçu une série de photographies assez semblables à celles entrevues la première fois. Mais là, sur le mur, sorties du contexte d'un livre, du confort d'une maison, offertes ainsi à la vue en permanence, elles me sont apparues plus vulgaires, plus dégoûtantes, presque apeurantes. Les filles presque toutes à quatre pattes, ou à genoux, chaque orifice envahi par l'ennemi. Comment se fait-il que ce soit toujours ainsi, le pouvoir, la domination, les images m'emmenant avec elles à la dérive ? L'homme, lui, n'y pensait pas, de toute évidence. Il continuait à me sourire. Ces photos, il ne les voyait probablement plus. Comme des photos de famille sur un piano qu'on ne regarde plus qu'à des moments bien précis et rares. Mon père est arrivé après avoir laissé ma mère sur un des ponts, et je me suis vite rendu compte qu'il ne les voyait pas lui non plus. Il s'est mis à parler avec l'homme, et je ne pouvais que rester là, puisque j'étais perdue dans ce bateau qui me faisait si peur. Je cherchais un endroit où poser mon regard. Et puis mon père m'a pris la main et nous sommes partis. Mais j'avais vu mon père dans un autre monde. Un monde si éloigné de l'image que je me faisais de lui, si éloigné de celui de ma mère, surtout, si peu héroïque en fait, si solitaire – héroïque dans un sens que je ne pouvais pas reconnaître. Cela m'avait bouleversée. Que mon père ne voie pas ces photos, qu'il ne voie pas que je les voyais, et l'idée qu'il les regardait peut-être lui aussi à un moment particulier. Un moment si solitaire. Un moment de consolation coupable. Un moment d'oubli. D'imperfection.

Voilà où j'en étais avec Marc. Pensant peut-être à l'humanité de mon père. Pensant à Jim se donnant du plaisir dans une chambre d'hôtel. Mais suppliant qu'il se taise, lui, Marc, et qu'il me reprenne d'une autre façon. Il hésitait. Son regard circulait entre les feuilles de papier désordonnées sur ma table, les livres, les images et toutes ces citations sur les murs, et moi de plus en plus nue devant lui.

Il a fermé les yeux et s'est pris la tête entre les mains. J'étais quelqu'un qui errait à travers des bribes de rêves, le manque de souvenirs, l'impuissance et le poids de l'Histoire en marche, et lui, il ne souhaitait probablement qu'un peu de chaleur, de partage. Une chose dont Jim ne parlait jamais, le partage.

Et puis il a accepté et nous nous sommes retrouvés à nouveau emmêlés, mais lui, il bougeait avec tant de douceur, me chuchotant à l'oreille de ne pas le laisser tomber dans le silence. Il savait. Ce même silence m'avait enlevé Jim, et l'amour, et tous mes repères sur cette terre.

Les heures. Dans ma maison devenue étrangère : toutes ces heures qui se taisent et creusent leur tombe. Il y avait ce chaos rempli d'écorces, de pierres, de poussière, de feuilles déchirées, de squelettes d'oiseaux, d'animaux rares et domestiques, de livres et de mots usés, d'hommes et de femmes qui s'accrochent à d'autres hommes et femmes, de photographies noires et instantanées, de cris entendus et de pleurs devinés, inventés, retenus. Il y avait ce chaos dans le monde. Il y avait des morts, des vivants, et des absents.

Quand j'écris, il est l'heure de partir.

Je t'envoie ces mots qui feront le tour de la planète en te cherchant. Il m'a conduite à le regarder et sa peau est devenue légèrement plus sucrée. Le goût d'un être est très important : c'est toi qui me l'a appris.

Je n'arrive pas à jouir sans me cacher le visage. Pas plus avec lui qu'avec toi, d'ailleurs. Lui, il va essayer d'écarter mes mains, d'étendre mes bras en croix. Il va vouloir plonger dans ma tête.

La forêt est revenue, ici, dans cette pièce sombre, seule pièce où désormais je ferai l'amour avec lui.

4

— Charité, a-t-elle dit.

Elle a demandé ensuite où était mon père. Elle ne pleurait pas : ce n'était pas un rêve. Elle était simplement apparue tandis que j'écrivais dans mon bureau. Sa question cachait un avertissement : il fallait que je rende visite à mon père. Ma planète tournait dans le vide parce que je n'aidais personne. Il y avait tous ces réfugiés qui venaient d'arriver dans notre pays. Il y avait les tremblements de terre tuant des milliers de personnes, et les inondations, et les guerres incompréhensibles. Il y avait les humiliations quotidiennes et permanentes. De jeunes enfants se suicidaient à petit feu, d'autres choisissaient une cible et tuaient. De toutes parts, on appelait à l'aide. Ma mère elle-même ne semblait pas délivrée dans la mort. Ton père me retient ici, m'avait-elle dit. Et toi. Oui, moi, si pauvre et trop riche à la fois.

La musique d'Arvo Pärt envahissait la pièce. « Le vent souffle où il veut, et tu en entends le bruit ; mais tu ne sais d'où il vient, ni où il va. » Cette phrase en exergue du livret exhortait ma mère à revenir. C'était une phrase remplie d'acceptation et de mystère. Glorieuse vie. Glorieux royaume des cieux où la paix sera renouvelée. Ma mère m'apparaissait pour tenter de me révéler la nature profonde de l'existence. Celle où la mienne était sans importance, un grain de sable ne servant qu'à entraver la vision.

Elle ignorait délibérément la présence de Marc dans ma vie. Elle s'incarnait aussi pour ça, pour l'ignorer. Marc était venu me voir chaque soir depuis une semaine, nous faisions l'amour dans mon bureau, il passait la nuit dans ma chambre alors que je continuais à dormir sur le divan. J'étais obsédée ensuite par l'odeur d'alcool et de cigarette incrustée dans mes vêtements après chacun de ses départs. Nous parlions peu. J'étais dans l'autre monde, celui où la mort est fixée au mur comme les nus monstrueux sur le cargo de mon père. Celui de la faiblesse et de la trahison.

Ma mère souffrait pour mon père. Je devais d'abord l'aider à retourner d'où elle venait. Le soleil vacillait dans mon arbre, un temps parfait pour faire mes visites : celle au cimetière, puis celle à mon père.

La tombe était déjà fleurie quand j'y suis arrivée. Mon père était passé par là. Il avait encore choisi des fleurs jaunes, la couleur préférée de ma mère. Les fleurs formaient un éventail devant la plaque; je n'osais pas m'approcher. Le cimetière était divisé en sections et je m'imaginais parfois que c'était par classes sociales, d'autres fois par types de morts, ou encore par l'amour de ceux qui restaient. Il y avait les êtres passionnément aimés, les êtres appréciés mais surtout respectés dans le souvenir, et les autres, les oubliés. Ma mère reposait tout près de la clôture. Sa tombe était humble. Son cancer, aussi compliqué que possible.

Mais l'épitaphe, dès qu'on s'y attardait, rendait tout le cimetière poétique. Les fleurs étaient à la fois vivantes et désespérées; elle formaient un mur contre l'oubli. Un rempart contre mes pas.

Mon père portait son habit noir quand ma mère a été enterrée, celui qu'elle aimait, celui qui était maintenant pendu entre le brun et le bleu dans sa garde-robe, attendant probablement sa propre mort. À moins qu'il ne l'enfile chaque fois pour venir la voir? Je l'ignorais puisque je ne venais jamais avec lui. Il désirait être seul. C'était le coin de l'amour perdu et retrouvé. Le coin d'une filiation impossible.

Ma mère n'avait pas voulu être incinérée: elle craignait le feu comme le purgatoire. Quand la vie quitte un corps, avait-elle dit juste avant de mourir, on doit laisser à celui-ci le temps de s'y faire. C'était le genre de sentences auxquelles je croyais, petite. On meurt, et le corps se défait ensuite peu à peu. Il nourrit la terre, les vers, l'humidité de l'air. Mais j'avais vu le corps de ma mère se désagréger vivant jour après jour, pendant des mois. Les maladies s'ajoutaient les unes aux autres, les médecins ne nous expliquaient plus rien. Signes de mort, écrivait Hildegarde: «si la veine du bras droit de quelqu'un qui est malade est tout agitée [...] si sa voix devient rauque, sans autre maladie, alors qu'elle a toujours été claire [...] si son visage est glonflé, ses yeux brillants mais pas humides[...]» et si, du côté des vivants, on n'arrive plus à le reconnaître, à le toucher, à savoir même comment l'approcher. Parce qu'aujourd'hui, rien n'est plus difficile à regarder qu'un mourant, un mort; parce que la mort a la puissance de la vie obscure et animale; parce que l'inexpérience était encore une fois et pour toujours mon inhumanité. J'en avais la preuve sous mes yeux. Je n'avais pas appris à toucher. À la fin, le corps mourant de ma mère me faisait peur, me répugnait presque. Les odeurs qui en émanaient me repoussaient. J'avais l'impression qu'elle était lourde, alors qu'au contraire elle était devenue aussi légère et compacte qu'un petit animal naissant. J'aurais voulu me mettre à sa place, et ne pas avoir à regarder. Ne pas savoir que je n'arrivais plus à l'aimer, pas de la bonne manière en tout cas, comme mon père continuait à le faire. Ne pas survivre, puisque c'était déjà bien assez d'être née.

Elle souhaitait mourir en été. Elle était morte en hiver. La terre était gelée et il avait fallu attendre des semaines avant de l'enterrer. Il y avait eu une première cérémonie pour marquer son départ: nous étions peu nombreux, quelques membres de la famille, des gens que ma mère avait aidés et soignés, les personnes que je voyais petites à l'église. Je revoyais Joana et sa fille Elvira que j'avais connue bébé : elles pleuraient dans les bras l'une de l'autre. Joana en avait vécu d'autres – la pauvreté extrême au Salvador, son arrivée ici, en terre froide, sans sa famille, et puis, plus tard, la mort de son mari – et pourtant, elle pleurait, sans retenue, dans les bras de sa fille tandis que mon père et moi étions sé-parés, les yeux secs, plantés comme des tours à l'entrée de la salle. Je pensais à ma mère dans une sorte d'entre-deux: sans vie, mais pas tout à fait morte. Peut-être était-ce là son monde idéal? Et puis nous l'avions en-terrée, tous les deux. Seuls: deux arbres noirs dans un champ de cadavres. D'abord l'âme, ensuite le corps.

Je devais rendre visite à mon père. J'ai laissé ma mère traverser l'éventail de fleurs et je suis partie.

Je voulais faire vite. J'avais cru apercevoir Jim dans la rue, quelques jours auparavant, tout près de mon cimetière. C'est mon cimetière, avais-je tout de suite eu envie de crier comme pour opposer une résistance, pour défendre un territoire. J'avais cru le voir marcher de son pas lent et sûr et regarder par-dessus la clôture. Il me cherchait peut-être. Peut-être que je voulais imaginer qu'il me cherchait, qu'il cherchait à créer le hasard de notre nouvelle rencontre, notre deuxième chance, notre amour enfin reconnu et accepté. Je savais que si je le revoyais, je reverrais aussi la fille occupée, la fille cernée de gestes d'amour que j'avais été. C'était une surface. La nôtre. La sienne. Tous ces gestes existaient. Mais où était allée la pensée? Où étaient l'acte, la parole brisant l'opacité? Je voulais continuer à chuter, renoncer, et le laisser, lui, chercher un sens à sa fuite.

Mon père m'a paru amaigri. J'étais surprise de ne pas l'avoir trouvé comme d'habitude assis sur notre banc. Il faisait si beau. Mon père adorait le soleil; il se fichait en plein dans sa lumière, sans protection, comme un homme défiant l'autorité, un homme que les choses ordinaires ne peuvent affecter. Mais cette fois, j'ai dû faire à la manière des autres visiteurs et demander à la réception de le faire appeler, lui, le pensionnaire. Il est arrivé peu après, sans cet élan qui le poussait toujours vers moi. Il m'a pris la main.

— J'ai vu les fleurs, papa.

— Les fleurs?

— Les fleurs sur la tombe de maman.

Il était ailleurs. J'ai dû insister pour que nous sortions dehors. Ce n'est qu'à ce moment qu'il a eu l'air de concevoir clairement qui j'étais.

— Tu n'as pas mis ta robe, m'a-t-il dit.

— Quelle robe?

— Ta robe bleue. Ta robe de fête.

Il a haussé les épaules en souriant, se rendant compte que ce qu'il venait de dire était absurde. Il m'a fallu quand même faire un retour en arrière de plusieurs mois pour comprendre. J'avais peur d'avoir oublié une date importante. Mais nous étions en juillet. La seule date importante était l'anniversaire de leur mariage qui aurait lieu dans quelques jours. Une date que nous ne nous fêtions plus depuis la mort de ma mère. Je ne voyais pas pourquoi nous aurions dû la commémorer cette fois.

— Ce n'est pas aujourd'hui, lui ai-je dit.

— Je sais bien.

Il s'est mis à se racler la gorge, comme les autres vieux.

— Tu es malade, papa?

— Pourquoi? J'ai l'air malade?

— Mais qu'est-ce que tu as?

— J'ai quelque chose à te dire. Je vais partir.

— Partir?

— Oui. Je veux repartir.

— Sur un bateau?

— Je vais retourner en Suède.

— Comment ça, retourner à Suède?

— Oui, à Stockholm.

J'aurais voulu ne pas entendre, mais dès qu'il en a prononcé le nom, la ville s'est illuminée comme si je la voyais d'un avion sur le point d'atterrir. Le mal était fait.

Je me suis souvenue de la carte postale épinglée sur le mur. Mon passé, en quelque sorte, était aussi exposé là. Je n'osais plus poser de questions. J'appréhendais depuis longtemps l'existence d'une vérité qui m'éclaterait un jour ou l'autre au visage ainsi qu'avait éclaté trois mois auparavant le silence de Jim. Ce serait sa maladie enfin manifestée, sa mort attendue, son mensonge privé et remontant à la surface pour de bon : le fait de ne plus tenir à la vie. Mais voilà qu'il me surprenait avec un aveu si médiocre, un événement de son passé se situant dans une autre réalité, un lieu où je ne voulais pas être touchée.

— Je l'ai trompée, a-t-il dit.

À Stockholm, donc. Il n'avait pas besoin de parler. J'ai compris tout de suite, comme si je l'avais toujours su, que cette ville, il l'avait choisie. Il avait choisi aussi ce qui s'y passerait. J'en étais certaine. Il n'y avait pas de hasard. Mon père était un homme qui rêvait, et beaucoup de ses rêves l'envoyaient visiter cette partie de la planète. Le Nord l'attirait. Comme l'attirait la solitude. Et il avait choisi d'aimer dans cette ville nordique, au point le plus éloigné de l'endroit où palpitait le cœur de ma mère : dans la chaleur, les déversements de lave, l'agitation politique et les tremblements de terre. Je ne voulais pas de détails. Le souvenir du moment où il avait quitté le port pour la Norvège venait d'apparaître. Je serai ensuite en voyage, m'avait dit mon père. Il était resté absent plus longtemps qu'à l'habitude, je me le rappelais très bien. Je me souvenais aussi de mon malaise causé sans doute par le contentement de ma mère : nous étions enfin seules toutes les deux. Elle m'avait pour elle, me disait-elle, tandis que mon père voyageait dans un pays où il fait toujours froid et sombre. Elle n'entendait rien à ses goûts, à son amour des paysages. Et ça n'avait pas d'incidence sur nous qui étions seules dans le monde féminin rempli d'espérance, et qui devions faire croître nos connaissances. L'Histoire, chaque jour. Passages de la Bible. Remous d'émotions sans nom. Visites à nos pauvres et aux émigrés.

Mon père s'est levé et s'est mis à marcher de long en large. Il parcourait des kilomètres sur une route imaginaire, mais creusait des sillons dans la terre sèche devant notre banc. Je ne disais rien. Je ne voulais pas qu'il continue à se confier à moi. Mais pour lui, je le sentais bien, c'était capital.

— Il fallait que tu saches, a-t-il dit.

— Mais je sais, papa. J'ai compris. Ça n'a pas d'importance. Tu n'es pas le seul homme à avoir trompé sa femme.

— Ce n'est pas ça, Élisabeth. Je l'aimais.

— Maman?

— Oui, je l'ai toujours aimée.

— Et l'autre?

— Je voulais juste être touché. Je voulais me sentir aimé.

— Mais maman t'aimait!

— Je ne sais pas, Élisabeth. Je ne l'ai jamais vraiment su.

— Arrête. Je ne te crois pas. Elle avait le don de l'amour.

— C'est ce que tu as toujours cru.

— Mais toi aussi!

— Oui, si tu veux. Mais elle voulait que je fasse ce voyage, et elle voulait que je revienne changé. Elle voulait que ma faute, et la distance entre nous, soit bien réelle.

— Quelle faute ? Je ne comprends rien à ce que tu dis.

— Tu comprends très bien, Élisabeth. Tu es comme moi. Et c'est pour ça qu'il fallait que je te le dise.

Il parlait tandis que mes yeux restaient fixés sur la carte comme si elle allait m'apprendre elle aussi quelque chose, défaire ses mots à lui, m'avaler et m'emmener au cœur de ce labyrinthe. Il parlait, et je n'arrivais pas à voir en lui un vieil homme avouant sa faute dans une chambre d'hospice déguisé en hôtel. Je voulais, mais n'y arrivais pas. Il n'y avait aucune culpabilité dans ce qu'il disait. Seulement un peu de tristesse et beaucoup d'abandon.

— Je ne me suis jamais senti assez bien pour elle. Elle me tenait à distance, d'une certaine façon et bien malgré elle, et pour toi, c'était pareil. Je n'ai jamais réussi à l'atteindre. Je l'ai trompée pour que ce soit dit, et en un sens elle m'a poussé à le faire.

— Elle le savait ?

— Oui, elle l'a su. Elle m'avait pardonné d'avance.

— Et qu'est-ce que tu vas faire ?

— Je me suis perdu, Élisabeth. Je me suis enterré vivant ici, et c'était une erreur, tu avais raison. J'ai écrit une lettre à cette femme. Je vais retourner là-bas pour la revoir. C'est mon dernier voyage.

— Mais c'est impossible, papa. Elle doit avoir sa vie, si elle n'est pas déjà morte.

— Elle a une vie. Je le sais. Et je sais aussi qu'elle m'attend.

Que pouvais-je ajouter à cette décision ? C'était le portrait d'un destin presque ridicule. Comment deux personnes de cet âge pouvaient-elles se rejoindre après tant d'années ? Comment pouvait-il y croire ?

— C'est si banal, ai-je dit.

— Non, Élisabeth, ce n'est pas banal du tout de vouloir être touché par quelqu'un. Au contraire. C'est vivre.

Le ton de la conversation venait de changer. Tous ces détours pour en arriver à me dire cela. Il voulait vivre.

— Et moi ?

— Je t'aime, Élisabeth. Et je ne te l'ai peut-être pas assez montré, moi non plus.

— Qu'est-ce que tu veux dire ? Comment ça, moi non plus ?

— Je veux dire communiquer, je ne t'ai pas assez communiqué mon amour.

Que s'était-il passé pour que mon père me parle ainsi ? On aurait dit que nous nous étions transformés. Lui, si concret, me disant des phrases insupportables qui résultaient d'un moment de confusion dans l'histoire familiale. Et moi, l'écoutant sans résister.

— Et maman ?

— Elle m'a donné son accord.

Ainsi, il parlait lui aussi aux fantômes. Nous étions beaux à voir tous les deux devant cet hôtel invisible. Mon père m'a serrée dans ses bras. Je me suis laissée aller. Pour une fois, je me suis détendue. Une seconde de petite félicité sous les arbres. J'étais accueillie dans ses bras, accueillie par sa volonté, par les arbres, par le temps qu'il faisait.

— Je voudrais tant que tu te pardonnes, m'a-t-il chuchoté à l'oreille.

C'était un cadeau énigmatique. Mais, à sa manière, mon père m'avait fait perdre une autre partie de mon identité, j'étais délestée d'un autre poids, et je lui en étais reconnaissante. J'aurais voulu disparaître avec lui.

Les fleurs sur la tombe de ma mère, accompagnées des paroles de mon père, m'avaient poussée à creuser dans cette image tout comme un animal creuse avec ses pattes dans la terre : ma personne, aimée et couverte de fleurs. Il y avait une forêt, et dans cette forêt persistaient ces fleurs légères qui lévitaient juste au-dessus du sol. Les fleurs de la duperie et de la culpabilité. J'étais seule, et je ressentais une sorte de victoire à être aussi seule, on aurait dit que j'avais enfin gagné une partie : je pouvais me salir les mains, je pouvais gratter, et fouiller pour trouver ce cadavre de femme. Je pouvais même repeindre à ma façon le tableau d'Ophélie. Car j'aurais dû mourir moi aussi. Noyée. Embaumée. Enterrée. Puisque j'étais déjà couverte de présents et de fleurs. Puisque j'avais toujours dit merci en tremblant. Et pourquoi ?

Je ne pouvais pas les compter. À la fin, les bouquets étaient de plus en plus gros. Ils arrivaient par le livreur, ou par Jim, et j'entendais ma voix qui s'exclamait sur le seuil de la porte, encore ? mais j'acceptais les fleurs avec grâce, une grâce étonnée, il se taisait, lui, dans l'attente de mon émotion éclatante, dans l'attente de la sienne, sûrement, et le moment se coinçait pendant un quart de seconde dans une sorte de petite trappe à souris. Le quart de seconde escamoté. Je souriais tellement. Mon sourire défiait les secrets et la mort. Les fleurs étaient toujours multicolores, chose que je n'aimais pas vraiment, mais comment laisser la perception pénétrer dans son cerveau, comment même y songer ? Les fleurs accompagnaient un cœur s'échappant, et il me fallait dire merci de l'autre côté comme quelqu'un qui a soif. Et qui boit, qui boit. Le moment de dire merci était si important, il ne fallait pas le rater. Et voilà, je déposais les fleurs dans un vase sur la table, je me reculais pour les admirer, quelle explosion de couleurs ! et je disais merci. Merci. Rien de tel ne m'était jamais arrivé. Tant d'amour et de fleurs. Et lui, chaque fois, si sincèrement heureux de me procurer ce plaisir. Mais le quart de seconde existait. Jim détournait son regard. Les fleurs finissaient par ressembler à quelqu'un d'autre. Elles m'écrasaient. Jusqu'au dernier bouquet d'amour fou – cette fois, un petit bouquet de fleurs blanches et bleues, telles que je les ai toujours aimées –, jusqu'à ce dernier bouquet, le seul qui me ressemblait, les fleurs, les présents, les preuves d'amour m'avaient depuis longtemps écrasée. Comme la couronne de lis blancs sur la tête de la petite sirène du conte. Et pourquoi ?

Je fouillais dans la terre. L'être de mon amour était composé d'objets toujours accompagnés du murmure d'un non : stylos, bijoux gravés, dictionnaire illustré du Moyen Âge... et les fleurs se multipliaient et tournoyaient comme des mouettes riantes au-dessus des ruines.

Mon père partirait bientôt, et sans lui, j'avais toujours pensé ne pas pouvoir m'en sortir. Je ne savais pas ce que j'allais devenir. Mais de cela je n'avais plus peur. Mon père reviendrait, il me l'avait promis. C'était comme un ballet, une sorte de danse qui ne s'arrêterait plus : les départs et les arrivées, les villes visitées et celles imaginées, le choc des corps dans mon lieu sombre, les souvenirs émergeant de détails presque insensés, le rêve et la réalité. J'appartenais à ce mouvement. C'était mon devenir présent. Je brûlais de céder et d'être à l'intérieur du mouvement; je cédais, et brûlais de vivre moi aussi.

Est-ce que Jim reviendrait? Il revenait. Chaque soir, il revenait. Il ne repartait plus. Il était lui. Il ressuscitait comme le chantait le chœur dans l'église un soir du mois de décembre, ce soir lumineux où nous étions tous les deux sur le banc de cette église, écoutant le *Messie* de Haendel parmi la foule, deux dans le monde, deux à l'intérieur de la musique touchant à tant d'êtres à travers le temps et l'espace, un an avant son départ définitif, souvenir si puissant, et moi, ensuite, longtemps hantée par les paroles de saint Paul disant que nous reviendrons changés, « et nous, nous serons changés », et que notre corps mortel sera revêtu de l'immortalité, « car il faut que ce corps corruptible soit revêtu de l'incorruptibilité, et que ce corps mortel soit revêtu de l'immortalité », et lui, Jim, à mille lieues d'une telle pensée, peut-être même déjà à mille lieues de moi, coupé de tout par des murs de silence. Et pourquoi? Mais il revenait. Et nous étions devenus immortels, et surtout changés, l'amour nous avait enfin changés, et les secrets n'étaient plus enfermés ni cachés dans le corps de l'un ou de l'autre. Et il revenait.

5

Cependant, dans mes rêves, les fleurs aussi revenaient.

— Regarde tout ce que je t'ai donné, disait Jim.

Et au même moment, des milliers de pétales multicolores tombaient du ciel; ils devenaient noirs en me touchant.

— Je t'ai tout donné, disait-il encore en tournant les talons.

Plus tard, les mains vides, il se ravisait:

— Tu m'as tout appris, disait-il.

Il fuyait. Il dévalait la pente abrupte de son passé, laissant sa mère et sa sœur survivre dans le deuil et la guerre. Il m'emportait avec lui. Le temps, comme les souvenirs, était miné.

Mon père m'avait prêté des livres sur cette région du globe où il voulait revivre. Les livres ouverts sur les genoux, je le voyais de dos, sur le bateau qui traversait la Baltique. Il avait rajeuni. C'était mon père, jeune, et libre d'une liberté que je n'avais jamais connue.

J'avais étendu une carte sur la table de la cuisine. Mon père attendrait une femme dans un hôtel à Stockholm. Elle l'y rejoindrait. Ils se reconnaîtraient. Leur lien avait donc été plus important que le temps.

Ce n'était pas une idée purement romantique, j'arrivais à la saisir, comme un ballon rempli de réalité derrière lequel j'aurais couru trop longtemps.

Dans mes rêves, le monde s'ouvrait, empreint d'une consolante simultanéité. Mon père et moi étions penchés au-dessus du maelström, au large des côtes de la Norvège. De nouveau, les fleurs naissaient et partaient à la dérive.

Jim était revenu pour me dire qu'il était en voyage et qu'il espérait me retrouver à son retour. Il était enfin retourné chez lui, en Irlande du Nord. Mes rêves étaient nourris de ce que j'avais toujours imaginé à partir de détails. Jim m'avait parlé des explosions de colère envahissant la maison. L'attitude militante de son père allait croissant et sa mère le désapprouvait. Les discussions politiques finissaient toujours par l'emporter sur les autres sujets et son père haussait très vite la voix. Jim détestait le son de cette voix. Avec sa petite sœur, il s'exerçait à créer une bulle de silence autour d'eux. Ils essayaient d'être ailleurs. Même à l'école, la colère était palpable. Son pupitre de bois traversait mon champ de vision. Je ne pouvais pas le voir, lui, enfant, mais je sentais sa présence, violemment silencieuse. Je le voyais de dos lui aussi. Je m'éveillais le matin et son image continuait à s'agripper à moi. Je l'avais tant cherchée depuis son départ, c'est tout ce que j'avais désiré: qu'il vive, que mon amour continue à vivre par une sorte de fidélité imaginaire, et voilà que je n'étais plus certaine de pouvoir supporter ce qui se passait en réalité. Ce violent silence venu de mon rêve, c'était le même que celui qui avait toujours émergé de Jim. Voilà où était la surprise. Je comprenais peut-être ce qui m'avait toujours échappé: Jim remplissait le vide qu'il n'avait jamais cessé lui-même de créer. Il était celui que j'avais voulu toucher désespérément, j'avais voulu me racheter, l'amour était ce qui pouvait nous racheter, il le savait lui aussi, c'était d'ailleurs là que se situait la force de notre lien, dans ce savoir vibrant, jusqu'au jour où il était resté enfoui en lui-même; il avait commencé à l'ignorer, et je l'avais perdu.

L'image de son père revenant sur un brancart le hantait, mais il refusait d'en parler. J'avais deviné qu'il avait peur de ne pas éprouver d'émotion assez pure. Il lui en voulait, et il ignorait sans doute pourquoi. Tout ce que je savais, c'est que son père avait été tué au début des années soixante-dix lors des affrontements avec l'armée britannique. Jim avait alors dix-neuf ans. Il s'était engagé à son tour dans l'action politique. Et puis il y avait eu la grève de la faim de 1981 et leur famille, comme tant d'autres, avait encore été touchée: le jeune frère de sa mère était mort lui aussi. C'est alors que Jim avait décidé de tout arrêter, il se sentait étouffé, dépossédé, par le chagrin de sa mère en grande partie, mais surtout par le fait de ne pas savoir qui il était, ce que tout cela voulait vraiment dire pour lui. Peu de temps après, il avait choisi de s'exiler. Cet exil, sa mère et sa sœur ne lui avaient pas pardonné. Je comblais les trous de son histoire par des images souvent montrées à la télévision. Les gens lançaient des pierres dans les fenêtres. Les blindés traversaient la campagne. Les hélicoptères de l'armée britannique tournaient au-dessus de la maison. J'avais cherché sur Internet les articles de journaux relatant la mort de son père et l'histoire de l'Irlande du Nord. Les incendies de Belfast, le *Bloody Sunday*, les prisons anglaises, tout cela revivait sous mes yeux, comme le passé sacré que je caressais avec des gants blancs.

Ces faits formaient une réalité solide et douloureuse qui avait bouleversé tellement d'existences. Je pouvais aussi, même dans un sens si restreint, faire partie des personnes touchées. Je me rapprochais du monde à mesure que je comprenais la lutte et l'histoire de la domination. Le nom du père de Jim figurait bel et bien dans le journal. Son milieu familial y était décrit : pauvre et catholique, pareil à celui de tous les Irlandais, disait Jim avec dérision. J'avais lu et relu les articles jusqu'à m'en délecter. Mais le cœur de mon amour m'échappait.

Il existait un petit album de photographies où l'on voyait Jim et Kathy enfants. Ils avaient l'air de jumeaux : main dans la main, une promesse de vie enflammée s'élevant au-dessus de leur monde moite et encombré. On pouvait presque sentir cette vie les emportant loin de la balançoire où ils se trouvaient assis. Quand il parlait au téléphone avec sa sœur, Jim emportait avec lui cet album, il fermait la porte de notre chambre, puis j'entendais son murmure qui s'éloignait comme des souvenirs grandissant au loin à mesure que le bateau quitte le port pour délaisser les autres, les souvenirs qui ne sont pas encore nés.

— Toi, tu es une Américaine, m'avait dit Jim un jour. Malgré toute ta bonne volonté, malgré ta peur, ta culpabilité, tu ne pourras jamais comprendre. L'invulnérabilité est en toi, comme dans n'importe quel autre Américain.

Ainsi, il m'avait tenue à l'écart lui aussi. Sa sœur ne m'adressait jamais la parole, en dehors des formules de politesse. Pour elle, je n'existais pas. Pendant toutes ces années, chacun de ses appels se déroulait de la même façon : elle demandait à parler à son frère, et si je lui disais bonjour, si je tentais une amorce de conversation, elle me répondait sèchement, l'air un peu déroutée, sinon rien. Rien ne venait jamais d'elle. Aucun élan ne la poussait à vouloir me connaître. Combien de fois avais-je proposé à Jim d'aller en Irlande pour la voir? Je voulais la connaître et, surtout, connaître le pays où il était né. Je voulais voir son enfance de plus près. Les paysages de l'Irlande de toute façon m'attiraient depuis longtemps. Il le savait très bien. Mais cela semblait au-dessus de ses forces, non seulement d'y retourner, mais surtout de m'y emmener. Tu n'aimerais pas ça, disait-il. Ou bien: tu te trompes à mon sujet. Nous savions très bien tous les deux que cette réponse était inexacte, futile même, et à quel point cette futilité me blessait. Sa sœur ne pourrait jamais m'aimer: c'était ça la réalité. Je ne comprenais pas pourquoi, mais son passé l'en empêchait. Et Jim ne supportait pas non plus de relation entre ce passé, le leur, et le présent qui était nôtre. Il n'avait accès qu'à une seule catégorie de sentiments à la fois. Comme quelqu'un qui a peur.

— Tu es jalouse, disait-il.

— Mais comment pourrais-je être jalouse de ta sœur? En plus, je ne l'ai jamais vue!

— Tu agis comme si tu l'étais.

Je ne comprenais rien à son discours. Jim, celui qui m'aimait par-dessus tout, celui qui entendait tout à l'amour, m'avait tendu ce piège. Il mentait. L'amour qu'il éprouvait n'était plus assez fort pour cacher cette faille: sa colère enfouie sous sa gentillesse et, plus loin encore, sa pitié, sa confusion, son impuissance. Et mon aveuglement.

Je rêvais. Peu de temps après ma rencontre avec mon père, il y a eu ce rêve des oiseaux. J'étais de retour à la maison après un voyage de deux jours. Tout commençait au moment où j'ouvrais la porte. Je percevais un drôle de bruit dans la maison, une sorte de bourdonnement très sourd, lointain, que je devinais inhumain. J'avançais, lentement, en direction de l'endroit d'où semblait provenir le bruit. Plus j'avançais, plus j'avais peur. Arrivée à la salle à manger, je découvrais des dizaines et des dizaines d'oiseaux accrochés au store vénitien. Il y avait des perruches, des canaris, enfin, toutes sortes d'oiseaux domestiques, et beaucoup d'entre eux, presque tous en fait, étaient blessés. Les oiseaux étaient noirs. Le tableau était sombre. Nuageux. Je n'arrivais plus à bouger. La séquence changeait, et mon père, que j'avais appelé au secours, arrivait pour m'aider à les faire sortir. Il ouvrait la fenêtre, et alors les oiseaux s'envolaient dans tous les sens, il fallait les pousser vers l'extérieur, ça n'en finissait plus, ils sortaient puis revenaient, puis disparaissaient enfin dans les arbres, jusqu'à ce qu'il n'en reste qu'un seul, à l'œil crevé, que je décidais de garder.

Il y a eu aussi un second rêve, la même nuit, où l'oiseau à l'œil crevé se transformait en oisillon multicolore, d'une beauté extraordinaire: il était perché sur une branche d'arbre qui avait poussé à travers la fenêtre. Il s'était transformé pendant que je dormais. Le rêve se déroulait le matin. L'oiseau m'accueillait à mon réveil, comme s'il m'attendait, impatient de me montrer ce qu'il était devenu.

Ces rêves m'avaient mise mal à l'aise: je ne savais pas s'ils étaient tristes ou gais, calmes ou violents, ou les deux à la fois. Je ne me sentais pas libérée. Je ne cherchais d'ailleurs pas à être libre. Mais je restais avec l'impression qu'il y avait un être vivant dans la maison. Une petite âme respirant à travers la grisaille. Une âme qu'il me fallait à tout prix aider à survivre mais que je ne trouvais pas.

Nous n'étions encore qu'au milieu de l'été, mais on aurait dit que des années étaient en train de s'écouler.

Marc avait décidé de prendre congé et il venait de plus en plus souvent à la maison. Il ne me demandait pas la permission. C'était comme ça. Il faisait maintenant partie de ma désorganisation. Il s'était ajouté à mon décor étranger, et je ne voulais pas prendre de décision, simplement laisser aller, comme j'étais en train d'apprendre à faire avec tout le reste.

Il s'était mis à me parler de son travail: il écrivait des articles de vulgarisation scientifique pour des revues spécialisées. Un spécialiste non spécialisé, en quelque sorte. À mon image, médiéviste sans l'être.

— Encore un esprit faussement cartésien! lui avais-je dit après l'avoir écouté.

Je pensais bien sûr à Jim. Mais Marc était très différent.

— Je suis seulement quelqu'un d'un peu paresseux, m'avait-il répondu.

Une réponse qui en disait long sur lui. C'était un vrai scientifique qui avait décidé de devenir journaliste par incapacité de se fixer sur un seul objet de recherche. Et par paresse, affirmait-il. Il n'avait pas la volonté. Nous nous ressemblions là-dessus. Mais je le voyais surtout comme un esprit très curieux, une âme dilettante, qui avait une façon d'aborder la vie avec une confiance et un intérêt presque enfantins. Il abordait notre liaison de la même manière: sans prémisses, avec curiosité. Il me demandait simplement d'être là.

Nous étions donc tous les deux sur la pente du hasard. Cela nous donnait parfois un pouvoir, un goût presque sacré. Quand je touchais certaines parties de son corps, je croyais reconnaître le corps de Jim. Marc se prêtait toujours au jeu. À travers son corps, j'inventais mes souvenirs. Je les embellissais. Je goûtais à la disparition de l'amour même insatiable.

Il venait d'entrer, le matin du rêve des oiseaux. Il m'apportait à déjeuner, après une nuit à se morfondre sans moi, m'avait-il dit en souriant. Je l'ai laissé mettre la table, me démenant toute seule avec cette sensation de vie à sauver. Mon père allait partir, ma mère était déjà morte depuis longtemps, et Jim vivait quelque part, emportant avec lui notre amour altéré. Je cherchais une chose que j'ignorais. J'aurais aussi bien pu monter sur le toit de mon immeuble et me laisser tomber dans le vide. J'aurais pu m'exposer concrètement au danger, puis à la survie. Ces sensations avaient la même racine. Mais je restais là, dans ma robe de nuit démodée, à parcourir les pièces de mon appartement. Je n'arrivais pas à me réveiller complètement. Marc sifflotait en lavant les assiettes, il ne doutait de rien, surtout pas de ce désir d'esthétisme et d'harmonie que je tentais de perdre de mon côté.

— Ne range rien, lui ordonnais-je souvent.

Chose à laquelle il n'acceptait pas facilement de se soumettre.

— Je ne veux pas d'aide, lui répétais-je sans cesse.

Pas d'aide. C'était presque une supplication.

L'odeur des croissants chauds avait vite fait d'envahir toutes les pièces de mon appartement. Je suis allée dans mon bureau où je voulais transcrire mon rêve, et j'ai claqué la porte. Cet oiseau m'obsédait et j'avais un urgent besoin de laisser se déployer dans mon cerveau son existence.

Marc a ouvert la porte.

— Tu me déranges, ai-je dit sans me retourner vers lui.

J'entendais sa respiration. Il ne bougeait pas. De toute évidence, il n'avait pas l'intention de me laisser.

— Qu'est-ce que tu as?

J'ai fait pivoter ma chaise et je l'ai regardé, lui, subitement redevenu l'inconnu qu'il était.

— Raconte, a-t-il dit.

— Je n'ai pas envie.

— Ce que tu ne racontes pas s'en va dans les limbes, Élisabeth.

Il avait dit ça d'une voix un peu mélancolique, surprenante. J'avais peur de l'avoir contaminé avec mes visions, mon monde invisible, ma tristesse. Au fond, que faisait-il ici? Qu'est-ce qui l'attirait? Cette question me gênait et la pensée du petit oiseau continuait de voler autour de moi.

— Va-t-en, lui ai-je alors lancé.

C'était la première fois que je lui parlais sur ce ton. Un ton que je ne me connaissais pas non plus: dur et fermé, autoritaire. Un ton de voix que j'avais souvent entendu chez les autres, et que j'exécrais. Mais Marc n'était pas du genre à se laisser démonter pour si peu. Nous avions l'air surpris tous les deux.

— Tu t'es remise au travail? m'a-t-il dit.

— Oui, ai-je répondu.

Il avait raison. Sans le savoir, il venait de me dicter ma conduite. Dans l'immédiat, c'était mon travail d'abandonner. J'ai ouvert l'ordinateur et j'ai commencé à effacer des fichiers. Certains appartenaient encore à Jim : des notes sur ses photographies, des lettres, des articles écrits en voyage, une série d'images stockées en attente d'être utilisées. Et puis je me suis attaquée à mes propres dossiers. C'était encore plus facile que de détruire du papier et au bout d'à peine quelques minutes, il ne restait plus rien de la thèse à laquelle je travaillais depuis des années. L'image de Lorraine et de notre monde en disparition m'est revenue en un éclair. Mais je ne pouvais pas m'y attarder, pas tout de suite. Pour l'instant, je travaillais.

— Est-ce qu'on peut mettre le feu à des disquettes ? ai-je demandé à Marc.

— Je ne te suis pas, a-t-il dit.

Il n'en avait pas besoin. Je me suis levée en lui faisant signe de m'attendre et je suis sortie de l'appartement pour aller jusqu'à l'entrée de l'immeuble afin de jeter dans la poubelle les disquettes sur lesquelles j'avais copié ma thèse. Je voulais être bien certaine de ne pas pouvoir les récupérer. J'étais toujours en robe de nuit et je me faisais l'effet d'un personnage de film un peu paumé. Je boitais dans des pantoufles trop grandes et délavées. Le soleil du matin entrait par la grande porte vitrée et la peau de mon visage devait sembler encore plus blanche et les rides plus accentuées. Vient un âge où ce qui apparaît la nuit ne disparaît plus le matin. Maintenant, je m'en foutais. Au contraire, j'aurais voulu que mon corps vieillisse, là, d'un seul coup. Que ce soit fait une fois pour toutes. Peut-être qu'on ne pouvait vraiment appartenir au monde qu'en se rapprochant de la mort? En cela, je ressemblais peut-être à mon père. Au père d'avant l'idée du voyage. Était-ce possible dans notre société si conformiste, où la jeunesse et la volonté étaient les valeurs les plus adulées, de désirer être enfin vieille, enfin ridée, enfin laide? Ce désir hésitait, et puis il persistait. On se rappelle, on oublie, on s'amenuise. Et on se déteste. Mais il devait bien se trouver là une sorte d'idéal, quelque chose qui m'appelait depuis que j'étais enfant, une forme enfin visible de la défaite, par exemple, ou justement, dans cette société où la perfection était reine, une sorte de révolte? Je continuais à tout le moins de me détacher de mon moi civilisé et contrôlé, productif – même si ce que je fabriquais ne consistait qu'en une masse de papier – productif même dans l'amour qui était, je l'avais cru, ma réussite suprême, un moi pâle et réussi, un double sans vie.

Marc était assis à ma table quand je suis remontée. Il avait l'air blessé.

— Qu'est-ce que tu as fait?

Je me suis approchée de lui et j'ai pris ses mains dans les miennes.

— Je suis désolée de t'avoir parlé comme ça. Pardonne-moi. S'il te plaît. Pardonne-moi.

— Tu as l'air si sincère, a-t-il dit en hochant la tête.

— Mais je le suis. Je te jure. Je suis sincère.

— Alors dis-moi ce qui se passe.

— Je t'expliquerai plus tard.

— Qu'est-ce qu'il y a à expliquer? Tu ne dis jamais rien. Tu fais comme lui.

— Lui?

— Jim. Tu te tais, comme lui.

— Ce n'est pas ça. J'étais seulement prise dans un rêve.

Le petit oiseau refusait de partir, et je regardais Marc en espérant qu'il se pose sur lui. Ce qu'il venait de dire était vrai. Je l'avais repoussé, tout comme Jim l'avait fait avec moi.

— Et qu'est-ce que tu as fait de ton travail?

Je n'avais pas envie de me justifier. Pas devant lui.

— Tout ça, c'est le passé, lui ai-je dit. C'est tout. J'ai envie de faire autre chose.

— Et ton rêve?

— J'ai rêvé à des oiseaux... Et toi tu es là pour les accueillir, et pour me sauver.

Il s'est remis à sourire.

Ce dont j'avais envie, maintenant, il le voyait dans mon regard. Je devais lui faire don de quelque chose.

Je voulais d'abord lui lire un extrait du *Bestiaire* de mon enfance, et j'ai mis du temps à le trouver dans ma bibliothèque. Les livres étaient mal classés et poussiéreux, cette partie de mon appartement ayant toujours, par manque de temps, par manque de volonté de ma part, échappé à l'ordre.

— Je suis dans une forêt, lui ai-je dit en souriant. Il suffit de bien fermer les rideaux.

— C'est une mise en scène? a dit Marc.

— C'est seulement une autre réalité.

Je ne m'étais pas lavée depuis le réveil et je savais que mon corps n'était pas tout à fait bien disposé pour l'amour. J'avais appris qu'il était plus convenable de s'astreindre à un minimum de préparations pour être prête à recevoir l'autre. C'était une obsession transmise de mère en fille: l'ordre et la propreté avant tout. Mais j'étais dans une forêt, je tenais à garder intacte cette image, une forêt obscure, suspendue au-dessus de la ville, et cet ordre n'y était plus nécessaire. Marc me prendrait de toute façon comme j'étais. C'était une sensation nouvelle, une certitude merveilleuse en un sens. Avec Jim avait fini par se loger en moi, telle une petite boule bien dure prête à se développer en cancer, la peur de le décevoir. On aurait dit qu'il attendait la déception, il me scrutait à la loupe, en bon photographe qu'il était. Ce n'était sans doute ni sa faute, ni la mienne. Mais cette exigence avait trop vite grandi entre nous.

— Tu es toute chaude, a dit Marc en me prenant dans ses bras.

— Écoute, lui ai-je dit.

J'ai ouvert le *Bestiaire*. Ce faisant, j'étais encore en train de me rappeler ma vie avec Jim. Je doublais notre histoire, comme le miroir dédoublait notre image. Mais on aurait dit que les termes avaient changé. J'avais envie de retourner dans mon rêve du bestiaire. Ce rêve traitait d'une icône de mon enfance qui s'était creusé une niche dans mon esprit. Il traitait de désir humain, de langage amoureux, et d'une forme étonnante de l'enchantement. La présence de Jim n'y était peut-être qu'accessoire. Je voulais que tout redevienne indéterminé. Je ne voulais rien décrypter, seulement partager cette icône avec l'homme qui se trouvait à mes côtés. Je ne voulais pas lui faire de mal. J'avais renoncé à comprendre. Je ne voulais ni me faire connaître, ni être visible. Seulement rendre cet instant plus vivant. Indéterminé, mais vivant. Et le nom de cet instant pouvait aussi très bien être amour. Le nom de cet instant pouvait être désir. Vie. Joie. Humanité. Je croyais à la réalité des rêves. Je croyais à la vie parallèle des signes. Je me laissais couler en eux, ma présence étant aussi accessoire que celle de Marc ou de Jim.

Je me suis assise sur la table de travail et j'ai commencé à lire:

«Le mâle saisit la femelle, par le cou, avec ses pattes d'abord, puis avec les petites tenailles qui arment son extrémité ventrale. Ainsi tenue, la femelle replie, à son tour, son abdomen qui, par le bout, vient chercher l'organe masculin. Le couple forme alors une sorte de cœur, dont la pointe est marquée par la tête du mâle et l'échancrure par la tête de la femelle.»

Pendant que je lisais, Marc avait soulevé ma robe de nuit, il avait tiré ma petite culotte sur un côté et s'était mis à me lécher. Sa langue allait et venait avec grâce, elle m'aspirait, ses doigts s'agrippaient à mes cuisses en repoussant le tissu, et je me tenais bien droite, continuant à lire comme si j'avais eu deux extrémités bien distinctes et autonomes. Tout le bas de mon corps recevait des décharges tandis que mes bras, mon cou, ma tête étaient encore dirigés par la raison. J'éprouvais ce plaisir secret et désuet, celui-là même que j'avais éprouvé maintes fois avec Jim: il me faisait jouir tandis que j'étais occupée à autre chose, presque toujours à la lecture, en fait. Les bruits de succion, la respiration, la tension de certains muscles bien précis de mon corps en même temps que la lecture fluide des mots, du monde, de l'univers entier tournoyant autour de nous. Rien ne s'embrouillait. Jusqu'au moment de l'orgasme, je pouvais rester bien sage, les yeux ouverts, avec toutes ces voluptés cachées sous ma robe. C'était une fantaisie légère, mais efficace, autant pour l'un que pour l'autre, mais en un sens différent, bien sûr. Pour Jim, cette mise en scène illustre le fait que les comportements humains et animaux étaient toujours entremêlés, les deux activités faisant seulement appel à des fonctions différentes du cerveau. Pour moi, c'était exactement le contraire : la mise en scène était le signe de l'humanité, la preuve que l'amour se situait à un degré supérieur et n'était pas qu'une affaire chimique ou neurologique, et tout le plaisir résidait justement dans mon habileté à rester concentrée en même temps que je m'abandonnais lentement à la jouissance. Il était question de mémoire et d'émotion. Et je voyais qu'il en était ainsi pour Marc. Il avait dégrafé les boutons de son jean. Son sexe était dressé dans sa main : il se caressait. Je l'adorais pour ça à cet instant. Il croyait aux sentiments. Et puisque la scène se passait dans la forêt. Si je fermais les yeux, je voyais des arbres qui poussaient, des germes de vie faisaient leur chemin à travers la boue, et nous, nous vivions, nous aimions, nous adorions.

Des petites gouttes de sueur avaient perlé sur le front de Marc. Les fenêtres étaient fermées et il faisait très chaud. Le moment était entier. Le monde, rempli de sons étranges. J'ai déposé mon livre et me suis levée pour enlever ma robe de nuit. Je voulais être nue, maintenant, et plus que jamais. Marc me regardait, surpris, comme s'il avait toujours cru que j'étais quelqu'un de prude qui se libère soudain. Pourtant. Ce n'était pas possible. Avec lui, depuis le début, j'étais sans pudeur. Sans gêne. Cela faisait simplement partie de l'instant. Nue, et pudique dans le regard de l'autre. Je pensais à la façon dont parlent nos corps. Je pensais au regard qui adopte une attitude mensongère. Je perdais le sens de qui j'étais. C'était le but de la fusion intime. Le but de l'amour était de sécréter une substance nouvelle. Les yeux noirs de Marc chuchotaient. Il y avait la pénombre, et le jour étincelait dehors. Ma peau devait peut-être lui sembler un peu flétrie. Je n'étais plus jeune. Mais il n'y pensait pas. J'étais certaine qu'il n'y pensait pas. Je priais qu'il n'y pense pas. Au contraire, je voulais sentir qu'il vénérait cette vie plus large que nous, le passé, le mien, le sien, celui des autres, ce savoir brûlant et sans loi, à travers l'âge de mon corps. Je voulais qu'il me l'apprenne. Je voulais aimer être. Comme lui. Je voulais entendre chuchoter les yeux pleins de désir de cet homme qui était là, prêt à tout. Jim me voyait. Je le pensais. Puis je chassais cette idée de mon esprit. Regarde tout ce que j'ai perdu, avais-je envie de dire. La perte et le renoncement étaient ce que je voulais. Regarde les choses perdues, les choses qui n'ont jamais été nécessaires. Des pétales noirs partaient à la dérive. Mon père perdait et retrouvait la foi sur des navires. Les gouttes de sueur de Marc entraient dans ma peau. Elles étaient devenues miennes, comme jadis les larmes de Jim. Jadis. Nous étions enlacés l'un dans l'autre. Regarde, avais-je envie de dire. Malgré tout, j'étais consolée. Je ne l'avais pas cherché. Je ne le méritais pas. Mais Marc me consolait. Regarde. Sa main sur ma joue; c'est ce qu'elle disait. Il m'initiait à l'amour. À la consolation. Et je l'aimais, lui, à cet instant. Mais je n'allais prononcer aucun de ces mots. Je n'allais pas dire son nom. Ni le verbe aimer. Puisque le monde étincelait dehors. Puisqu'on pouvait retrouver la foi en un seul instant d'éblouissement. Et alors je me suis mise à pleurer. Je ne voulais pas. Je ne comprenais pas. Mais je pleurais. Enfin, je pleurais.

Mi-juillet
    Mercredi. J'ai intitulé ce jour ainsi: l'accouplement durant le vol. Mais j'avais si chaud que j'ai eu l'impression

de glisser sous terre. Marc est entré dans ma chambre et il s'est allongé sur mon lit. Sa peau collait aux draps. Je suis restée sur le seuil de la porte. Il a dit avoir envie de briser le miroir. Tu es vraiment folle, a-t-il dit ensuite. Je suis amoureux, a-t-il ajouté.

J'ai accepté de déjeuner avec lui. Mais je ne pouvais pas m'arrêter de pleurer. C'est le jour de la pluie, ai-je dit, souriante.

J'étais assise en face de lui. Et lui, il pouvait voir à travers moi.

6

Mes parents s'étaient rencontrés dans une église : un moment de doute avait dû assaillir mon père. Il devait être vraiment perdu. J'ai toujours imaginé leur rencontre ainsi : ma mère l'avait attrapé dans sa chute. Il l'avait attirée pour cela même : parce qu'il chutait. C'était la chute d'un ange prématurément vieilli et solitaire. Et ensuite j'étais née.

C'était la première fois que mon père m'emmenait visiter la chapelle. J'ai supposé qu'il était libre, prêt à accepter sa propre faiblesse dans l'histoire de sa vie avec ma mère qu'il réinventait chaque jour. Au fond, mon père avait toujours détesté la dévotion de ma mère. Cette chapelle était pour lui un lieu qui représentait ce côté d'elle qu'il n'avait jamais compris. Cet aspect de sa personnalité lui échappait complètement ; il la rendait inaccessible.

Ce jour-là, il voulait me montrer quelque chose.

— Regarde, a-t-il dit.

Je me suis tournée vers l'endroit qu'il m'indiquait. J'étais mal à l'aise dans cette salle de cérémonie trop éclairée, chichement meublée, où il n'y avait personne d'autre que nous. Un bouquet de fleurs en plastique trônait dans un vase au pied de l'autel. J'ai regardé mon père. Les bouquets de fleurs en plastique avaient toujours eu notre absolution tacite. Vaguement kitsch, pensais-je. Ainsi que notre monde à tous les deux : loin de la sainteté. Mais ce n'était pas ça.

— Là, a-t-il dit.

Dans un coin de la pièce se trouvait un prie-Dieu en bois orné. C'était un bel objet, une antiquité, mais qui détonnait un peu dans cette chapelle plutôt moderne. Je me suis approchée.

— C'est celui de ta mère, a dit mon père.

J'ai mis ma main sur ma bouche pour ne pas faire voler le silence en éclats. Je le reconnaissais. C'était bien lui. Un objet qui s'était effacé de ma mémoire. J'avais peine à croire qu'il se trouvait là, transfigurant une émotion disparue de mon enfance, en ce jour de l'été où tout chemin emprunté semblait se diriger vers nulle part. Le prie-Dieu de ma mère. Déniché par mon père chez quelque brocanteur, des dizaines d'années auparavant, il avait été installé dans la chambre de mes parents. Durant toute mon enfance, ce meuble avait fait partie de ma vie. Je saisissais de façon implicite que son existence dans notre maison, surtout dans la chambre de mes parents, n'était ni simple ni ordinaire. J'avais vu ma mère s'y agenouiller. Je l'avais vue de dos, en train de prier. Cette vision me laissait seule, comme sur la scène d'une tragédie à personnage unique dont je ne pouvais qu'inventer la fin. Je sentais ses lèvres bouger, même si je n'entendais jamais ce qu'elle disait. Mais je savais très bien ce qu'était une prière. Je savais que dans la prière la position du corps changeait. Sa définition même s'en trouvait changée. J'avais appris à demander pardon. À vouloir que la grâce s'accomplisse en ce monde qui pesait sur nos épaules, surtout à ce moment précis. Mais quand ma mère était agenouillée

sur ce meuble, c'est sa solitude que je voyais. Je pressen-
tais sa maladie, et sa mort. Et je n'y pouvais rien. Même
moi, sa petite fille, je n'y pouvais rien. Dieu était mon
ennemi.

La présence de ce meuble avait dû paraître bien
étrange à ceux qui venaient nous visiter. Même ici,
dans la chapelle, il paraissait incongru. La porte de la
chambre de mes parents était toujours ouverte et on le
voyait très bien du couloir. J'en avais honte. C'était un
objet menaçant, à portée occulte. J'en voulais à mon
père de l'avoir offert à ma mère, d'avoir laissé cette
sombre ferveur pénétrer dans notre maison, et de vivre
avec contre son gré. Cet objet avait fini par créer une
ombre derrière ma perception de toutes choses. Et
puis un jour, j'avais été soulagée d'apercevoir un petit
autel de fortune chez Joana lors d'une de nos visites.
Il s'agissait d'une image de la Vierge Marie entourée
de cierges, de fleurs séchées et de photographies des
membres de sa famille. Même si cela s'incarnait dans
des formes différentes, Joana et ma mère priaient le
même Dieu. Ma mère n'était donc pas la seule à avoir
recours à ce genre de mise en scène un peu secrète.
J'enviais cependant la forme choisie par Joana, plus
joyeuse, plus naturelle en quelque sorte. La Vierge
était entourée de bleu turquoise un peu délavé, ses
lèvres étaient roses et ses grands yeux étaient posés sur
l'enfant qu'elle tenait dans ses bras. La carte semblait
défraîchie, mais la Vierge rayonnait dans l'éternité de
la couleur pastel. Elle souriait du sourire des saintes et
des idoles de pacotille.

Plus tard, juste avant mes études à l'université,
au cours d'un voyage en Grèce et en Italie, j'avais été
charmée chaque fois par les petites chapelles que

je croisais sur la route. Chaque fois, je m'y arrêtais. Toutes, comme celle de Joana, étaient dédiées à la Vierge Marie. J'étais émue par les statuettes de piété. Le prie-Dieu de ma mère prenait d'autant plus à mes yeux une valeur d'austérité, sans beauté, sans humanité. C'était un objet de tristesse d'où n'émanait aucun espoir et qui contredisait la vision que j'avais toujours eue d'elle.

Une présence comme celle-là ne s'oublie pas, et pourtant, depuis la mort de ma mère, je l'avais oubliée. J'étais rentrée chez moi un jour avec la bible; peu de temps après, ma mère était morte, et mon père s'était occupé de tout le reste. Je n'avais pas posé de questions, ni ce jour-là, ni aucun autre. Je croyais qu'il avait vendu tous les biens dont il avait hérité en même temps que la maison. Je voulais être aveugle et vivre dans cette certitude qui me rassurait. Mais elle était construite sur des sables mouvants. Mon père était en train de m'expliquer qu'il avait loué un garage où il avait placé presque tous les meubles de la maison où j'avais grandi. Il allait de temps en temps s'y enfermer, il respirait l'air moisi de son deuil qui durait, durait. Il n'arrivait pas à s'en défaire. Tout cela devait continuer à vivre quelque part. Pour lui, et pour moi, avait-il imaginé. Toute une vie entassée dans un garage et qui attendait en un sens sa propre mort. Je pensais à ce que Jim avait probablement fait lui aussi de nos meubles. Une drôle de coïncidence. En bout de ligne, la fin de tout lien me ramenait à cette image : des objets qui échouaient dans une sorte de purgatoire.

— Tu appelles ça vivre, toi?

— Ce n'est pas facile de se défaire de son passé. Je n'ai pas pu, c'est tout.

— Et le prie-Dieu, qu'est-ce qu'il fait là?

— J'ai décidé d'en faire don à cette chapelle. Ils méritent cette horreur: c'est déjà bien assez laid, tu ne trouves pas?

Il s'est mis à rigoler. Il avait l'air content de son coup, comme un petit garçon qui vient de jouer un mauvais tour à quelqu'un. C'était mon père: je l'avais retrouvé. Il offensait le respect et l'amour qu'il avait pour ma mère. Il se moquait de sa propre décision de venir habiter cet endroit désespérant. J'avais finalement envie de rire moi aussi.

— Et qu'est-ce que tu vas faire de tout le reste?

— Je pensais tout donner à une œuvre de charité. J'ai besoin de ton accord.

— Pourquoi maintenant?

— Parce que je suis prêt. Je pars, et je veux vraiment me défaire de tout cette fois. Alors?

— Alors quoi?

— Est-ce que tu veux quelque chose?

Voilà donc que cette question m'était de nouveau posée. Je me suis contentée de hausser les épaules. Prendre une telle décision était encore une fois au-dessus de mes forces. Il me semblait aussi revivre le départ de Jim. Les objets, je ne les voyais pas s'envoler cette fois, au contraire, ils tentaient de refaire surface afin de ne pas disparaître définitivement dans le passé. C'était maintenant, alors que j'allais les perdre pour la seconde fois, qu'ils avaient choisi de revêtir leur signification. Je me souvenais. Il y avait le piano sur lequel j'avais appris à jouer de courtes mélodies tristes, et mon lit d'enfant que j'avais tenu à garder jusqu'à mon départ. Il y avait la commode bleue et le petit secrétaire placé dans la cuisine et sur lequel ma mère écrivait ses lettres pour la libération de prisonniers. Il y avait la boîte contenant toutes les décorations de Noël, la crèche et, surtout, le village illuminé qui, chaque année, s'agrémentait de nouveaux personnages, de nouvelles maisons, d'églises, de sapins et de lampadaires miniatures, seule exception à la règle de ma mère de ne rien garder d'inutile. Il y avait des vêtements accrochés à des cintres dans l'obscurité comme des énigmes. Des robes de soirée que ma mère ne portait pas. De beaux manteaux qui, me semblait-il, n'avaient jamais appartenu à personne.

Mon père s'est assis au fond de la salle, et je suis allée le rejoindre.

— Tu sais, a-t-il dit, je n'ai jamais compris pourquoi la maladie l'avait choisie, elle, et pas moi. Elle a fait tant de bien autour d'elle... J'ai fini par me dire que cette souffrance m'était infligée à moi, justement. C'est ce qu'il reste aux vivants.

Mon père souriait. On aurait dit un homme lavé de ses péchés, prêt à rejoindre celle qu'il aime au ciel. Mais il était bien sur terre. Il avait changé les règles de l'échiquier sur lequel nous bougions depuis la mort de ma mère. Depuis ma naissance, en fait. Il préparait son voyage pour aller en rejoindre une autre, et s'il avait fait don du prie-Dieu, c'était en réalité pour rendre justice à la vie de cette femme qu'il avait tant aimée. Il fallait malgré tout qu'il subsiste une trace de son passage ici-bas. Cet objet presque mythique sur lequel elle s'agenouillait et qui entendrait dorénavant les prières des autres. Charité, avait-elle dit dans mon rêve. Il restait ce mot. Charité. Sa bible. Et moi.

— Je ne veux rien, lui ai-je dit.

Nous nous sommes levés et je l'ai conduit à sa chambre. Les autres pensionnaires nous regardaient d'un air soupçonneux. Tous étaient au courant de son départ : les nouvelles se répandaient aussi vite ici que dans un collège de jeunes filles. Des nouvelles de voyage, il y en avait peu. Mon père rajeunissait à leurs yeux. Mais je n'arrivais pas à percer l'aura de nostalgie qui le suivait malgré lui.

— Comment l'as-tu aimée ? lui ai-je demandé.

C'était une question d'enfant. Il était en train d'ouvrir la bouteille de cognac. Même le matin, rien ne pouvait nous empêcher de céder à notre rituel. J'ai trinqué avec lui : l'alcool chaud a parcouru en un éclair l'intérieur de mon corps, créant instantanément une douce euphorie.

— Je l'ai aimée comme un fou. Tu le sais bien. Ce que tu ne sais pas, c'est qu'elle m'a sauvé.

— Oui. Je sais.

— Non, tu ne sais pas. Elle m'a réellement sauvé. J'allais mourir quand je l'ai rencontrée. Ce jour-là, j'avais pris la décision, j'avais choisi comment, et à quel moment, et puis elle m'a sauvé.

Comme au ciel. Encore une fois. Mon père avait avoué sa faute, et c'était peut-être censé me libérer aussi. Ce qu'il venait de me dire, je le reconnaissais, une partie de moi l'avait déjà entendu.

— Pourquoi tu ne pleures jamais ? m'a-t-il alors demandé.

— Hier, j'ai pleuré, ai-je répondu en tendant mon verre pour qu'il me serve de nouveau.

C'est ainsi que mon père et moi, nous nous sommes saoulés ensemble pour la première fois. Je n'avais presque rien mangé : mon estomac brûlait et cette sensation me plaisait. Je me nourrissais du désespoir de mon père, il faisait tomber les murs entre lesquels mon enfance était restée prisonnière. Non pas que je revivais les choses sous ce nouvel angle, avec une nouvelle compréhension, non, simplement, il n'y avait plus que ce moment présent, la chaleur distillée par l'alcool, la compassion éprouvée pour mon père, et les murs tombaient. Par amour, ainsi que je le sentais, le passé n'existait plus.

Nous nous étions remis à parler de tout et de rien. Je balbutiais des phrases de photo-roman à propos de Jim. La chambre de mon père a commencé à tanguer. Il m'a aidée à m'étendre sur son lit, et puis il m'a laissée dormir.

Il était dehors quand je me suis réveillée. J'ai aperçu sa silhouette de la fenêtre de sa chambre. Il s'est retourné, m'a vue à son tour et m'a envoyé la main. Son départ était pour bientôt. Il m'envoyait la main comme il l'avait fait si souvent auparavant: on aurait dit qu'il retrouvait une vieille habitude.

Je me suis agenouillée sur la tombe de ma mère et je lui ai demandé pardon. Le cimetière était encore une fois écrasé sous le soleil, et malgré toute cette lumière, je m'y sentais chez moi. L'odeur de fleurs et de gazon frais coupé ondoyait entre ciel et terre. J'avais une impression de nouveauté, comme si une section de mon âme me quittait pour rejoindre les esprits habitant ce calme jardin où reposait ma mère. Sous terre, il y avait notre solitude accomplie. Sous terre: le don de liberté que m'avait fait ma mère, même involontairement, en mourant. Sous terre, et renaissant entre les tombes: les êtres que je n'avais pas cherché à aider, ceux que je ne pouvais ni connaître ni toucher, et qui me pardonnaient à leur tour. Les animaux du *Bestiaire*, le langage amoureux, la forêt, les pleurs, les oiseaux, la chute des objets à travers la mémoire, toutes ces visions s'échappaient et tournoyaient au-dessus de ma tête avant de s'en aller doucement vers autre chose, vers la partie manquante du monde, dansant elle aussi dans l'air chaud de cette journée large et enracinée. C'était dans l'air, justement, que je voyais les racines. Et la seule personne que je ne voyais pas était Jim. J'avais beau me concentrer de toutes mes forces sur une séquence ou l'autre, Jim se penchant pour m'embrasser, Jim laissant tomber sa valise par terre, Jim assis dans la cuisine, pleurant son père, il n'était plus là. Je savais que ça ne durerait pas. Il était ce plongeur qui recule un bref instant dans l'ombre avant de réapparaître pour s'élancer dans le vide.

Livre d'heures

Quand je te cherche, tu n'es pas là. Le mois d'août va commencer et des fleurs rouges ont explosé à l'entrée de la maison. J'ai sarclé la terre et planté de nouvelles fleurs au cimetière. Il est trop tard. Peu m'importe. Mon père ne sera pas là lui non plus pour cueillir les fruits de son jardin. Les autres le feront à sa place. Leurs dents rares et ébréchées briseront la chair des légumes qu'il a plantés. J'entendrai le rire de mon père résonner au-dessus des mers. Comme au ciel. Comme avant.

Je danse avec toi: les bretelles de ma robe de nuit tombent sur mes bras, ma peau blanche brille dans la pénombre du salon. Pourtant je suis seule. Pourtant tu es là. Pourtant Marc me pénètre en m'aimant. Je ne suis pas froide. La musique m'a envahie.

Le dialogue n'est pas important, a dit Marc hier soir. Ce qui l'est, c'est toi, a-t-il dit encore en m'agrippant. Il sourit. Nous nous affalons sur les pages des livres de science. Le mâle dispose de plusieurs sortes de musiques. La femelle étire la tête. Des mouvements d'antennes doux et coulants provoquent l'émoi. Les phrases continuent de peupler la pièce comme les fantômes. Il n'y a pas de séparation. Je suis là. Les caresses même les plus douces sont violentes. Les caresses m'enferment dans la coquille. Mon corps devient le livre de la révélation des choses: une sorte d'apocalypse. Et nous, nous serons changés. La phrase revient me hanter. Les voix chantent en illuminant les sombres monastères. Il existe un chemin. Tels d'amoureux serpents, je m'enroule autour de lui, et lui autour de moi. L'étreinte doit être longue. Mon nom doit être oublié. Car l'amour est insatiable comme la mort. L'étreinte est notre destin. Ma bouche se remplit de la chaleur de l'homme, je ne reconnais plus ses mains, je ne sais plus qui il est. Légèreté et pesanteur coexistent. Les pensées volent et je retraverse le long couloir en flammes.

Longtemps j'ai vu clignoter les feux d'une ambulance, mon père sortant de la maison sur une civière, attaché par des sangles rouges. Enfant, je pleurais en l'attendant, assise à la fenêtre. Je croyais qu'à force d'y penser je provoquerais le naufrage du bateau sur lequel il naviguait. Mon père se noyait sous le poids de la cargaison. J'étais coupable par anticipation de la mort de mon père, ainsi que de celle des autres, par omission. Mais je me suis trompée: il avait déjà été mort. Longtemps, j'ai vu mon père mourir, et puis ma mère, et des peuples entiers ont été exterminés, et encore, et encore. Et de même, la vision de ton propre père s'est plantée dans mon cœur. Et toi tu tenais un fusil pour tirer une salve au-dessus de sa tombe. Ou tu croyais le tenir. Ou tu le voulais. Je n'ai pas su. Et maintenant, je ne sais plus non plus où tu es.

TROISIÈME PARTIE

LE PARFUM DE LA SOLITUDE

1

Le mois d'août a refait surface et j'ai de nouveau enfilé ma robe bleue. C'était l'anniversaire de Marc et j'avais insisté pour fêter l'événement. Il m'observait, à la fois touché et incrédule. Un changement s'était produit qui me poussait à l'action. Peut-être était-ce l'air du mois d'août, toujours chargé de promesses et de gratitude. Ou alors, c'était les mouvements de ma robe dans le miroir. Ou je ne comprenais pas, et c'était seulement le visage de Marc. Il m'observait, étendu sur mon lit, mon cahier à la main.

— C'est quoi, un livre d'heures?

Nous en étions encore aux questions. Il feuilletait mon cahier, tandis que j'essayais d'entrevoir ce qui m'attendait à la fin de l'été. C'était comme un rêve éveillé: mon reflet dans le miroir et le livre que tenait Marc semblaient s'être échappés d'un de mes songes. J'aurais voulu en rester là.

Je ne pouvais pas me résoudre à retourner enseigner. Je ne me voyais plus sortir de mon appartement pour la journée, y rentrer le soir, consommer, ranger, corriger, parler à des élèves sans écoute. J'avais peur que mon appartement se remplisse encore une fois, peu à peu, à mon insu. J'avais réussi à vider une partie des garde-robes: la plupart des vêtements qui s'y entassaient depuis des années étaient partis rejoindre les objets et les meubles que mon père avait donnés aux œuvres de charité. Je préparais avec lui son voyage comme si c'était le mien. Cette vie par procuration me convenait tout à fait. Mon père et moi plongions dans l'inconnu. J'étais presque joyeuse. Les fleurs sur la tombe de ma mère avaient repris. J'en étais étonnée. J'y avais emmené Marc et il s'était comporté comme quelqu'un de reconnaissant. Il me rappelait la personne que j'avais été avec Jim.

Je lui ai donné quelques explications vagues sur l'existence de livres d'heures au Moyen Âge. Ce que j'écrivais n'avait, en regard des autres, aucune importance. Ce n'était pas un travail, mais une activité aussi naturelle, aussi organique même, que l'entretien ou la connaissance du fonctionnement de mon corps. Je le faisais par instinct. Cela ne regardait personne. Mais j'avais laissé Marc en être le spectateur.

— Il t'aimait? a-t-il demandé.

Cette question se tenait entre nous depuis quelques jours.

— J'espère qu'il t'aimait, a dit Marc.

La lecture de mon cahier l'avait rendu jaloux; les mots écrits venaient pour lui d'acquérir un poids réel. C'est à Jim que je m'adressais. C'était lui mon interlocuteur. Marc le savait depuis le début. Et pourtant, il le lisait comme le découvrant aujourd'hui.

— Jim m'a trahie, lui ai-je dit.

Il fallait que je lui en donne un peu plus, et j'avais envie de prononcer ce mot: trahison. Il couvrait de larges pans d'anecdotes et de pensées restées sous silence. J'avais agi avec Jim comme quelqu'un qui regarde mais qui ne veut pas voir: les sables mouvants, le silence, la peur et, bien sûr, si j'acceptais d'employer ce langage restrictif, la trahison.

— Il m'a trahie depuis le début, ai-je ajouté.

Marc avait déposé mon cahier et fixait mon reflet dans le miroir. Il ne croyait pas ce que je disais.

— Je ne sais même pas qui il est, ai-je continué.

— C'est toujours ainsi quand on perd quelqu'un. On découvre subitement une autre personne.

Je me suis tournée vers lui.

— Faux, ai-je dit.

J'étais presque insultée. Nous étions en train de faire le procès de ma vie avec Jim, et je n'en avais aucune envie. Je refusais de voir cette vie, ainsi que notre rupture, réduite au sort le plus commun de l'amour. Je continuais malgré tout à traiter notre histoire comme un objet rare et précieux.

— Et toi? lui ai-je demandé. Toi, qu'est-ce qui t'est arrivé?

Il avait été marié, et il était un homme seul: voilà tout ce que j'avais appris sur lui. Mais j'en savais assez pour comprendre que cette solitude ne répondait pas à la conformité de son âme. Il était fait pour être avec quelqu'un. Deux était le chiffre qui résonnait dans chacune de ses paroles. Si je ne voulais pas parler de mon chagrin, on pouvait très bien parler du sien.

— Je n'ai que toi, a-t-il dit.

C'était une déclaration d'amour, mais il m'était impossible, à cet instant, de l'accepter.

— J'ai déjà entendu cette phrase, lui ai-je dit.

Il m'a remis mon cahier. La soirée était mal entamée. Je regardais cet homme allongé sur mon lit. Je le voyais se lever, se rhabiller, ses gestes toujours empreints de douceur. J'aurais voulu m'avancer vers lui et lui apporter le réconfort qu'il méritait, lui donner ce dont j'étais capable, mais je n'y arrivais pas. Les sentiments éprouvés pour lui existaient, je savais qu'ils existaient, je n'avais qu'à faire un pas pour entrer dans leur sillage, mais quelque chose m'en empêchait. C'était Jim. Voilà ce à quoi je pensais. Ce devait être Jim. Peut-être justement parce que je ne savais plus où il était, et que notre vie semblait s'être trop vite effacée, comme si une marée l'avait emportée.

Mon père nous a rejoints. J'avais choisi un restaurant éloigné du centre-ville et des quartiers à la mode. C'était un petit établissement où l'on servait une nourriture méditerranéenne plutôt familiale. Je savais que Marc aimerait ce genre d'endroit et qu'il s'y sentirait à l'aise. Idéal pour sa première rencontre avec mon père. Mais Marc était fermé et je tentais inutilement d'attraper son regard. Le fantôme de la jalousie continuait à prendre vie entre nous. C'était trop tôt, ou trop tard. Ce sentiment ne me concernait pas. Je ne pouvais pas composer avec ça.

Mon père et moi parlions encore de ce qui formait l'identité d'une personne : elle était longtemps dessinée et circonscrite par les objets affectionnés, les vêtements, le corps, les bijoux, la peau, les cheveux. Longtemps, tout cela coïncidait avec l'image que nous nous formions de nous-mêmes. Et puis, finalement, cela s'avérait n'être que le signe d'une plus grande duperie. Quand on vieillit, disait mon père, ce que les autres voient de nous n'a plus rien à voir avec ce que nous sommes. Ils voient les masques de notre âge, avait-il lu quelque part. Impossible de se réconcilier avec cette partie de la vie, puisque nous portions des masques qui nous gênaient et nous rappelaient sans cesse ce magistral malentendu.

— Chaque dix ans, on devrait pouvoir remettre nos corps à jour, a lancé mon père.

Il avait du reste décidé de n'emporter que des vêtements neufs dans sa valise. Nous étions sur la même route. Je parlais du jour où j'allais aussi changer de peau. Je pensais à la robe blanche suspendue dans ma garde-robe. Le ton de la conversation était léger. Mais Marc retournait contre lui tout ce que je disais. Je le voyais dans ses yeux.

— Tu devrais partir toi aussi, a-t-il dit.

Il s'était mis depuis un moment à tambouriner sur la table.

— Oui, tu devrais en finir avec cette histoire une fois pour toutes.

Mon père a compris tout de suite de quoi il était question et il a posé sa main sur la mienne pour m'encourager à me taire. Il refusait de laisser la conversation prendre ce mauvais pli. Mais je ne pouvais pas lui obéir. On aurait dit que j'avais souhaité être poussée vers cette fin, une fin, peu importe laquelle. Il existait un certain nombre de possibilités; Marc pouvait se noyer dans la jalousie, un homme pouvait sortir un couteau et me le planter dans le ventre à la sortie du restaurant, une guerre pouvait être proclamée, une bombe pouvait exploser exactement à l'endroit où Jim s'installerait pour boire un café s'il retournait en Irlande.

— Quelle histoire? ai-je demandé.

— Jim, a dit Marc sur un ton sec, ton amour avec Jim.

Je le connaissais à peine. Et tout à coup, ces pauvres mots s'exposaient, comme si des années de non-dits nous avaient séparés.

— Tu as raison, ai-je dit.

Nous avons terminé le repas, comme les membres d'une famille civilisée fêtant un anniversaire et glissant sur les choses importantes. Mon père parlait de son voyage. Nous l'écoutions en attendant le bon moment pour fuir. Nos gestes semblaient mécaniques, comme si nous les regardions du fond d'un très vieux cinéma.

Marc nous a laissés devant le restaurant. Il désirait marcher et avait besoin d'être seul. Il avait l'air si désolé, impuissant devant ses propres émotions.

Mon père m'a donné le bras et je l'ai reconduit à son manoir de vieux. Plus son voyage approchait, moins il semblait à sa place ici. Il avait l'allure d'un homme trop bien habillé dans une soirée à la campagne. Sa petite chambre le repoussait. C'est du moins la vision que j'en avais. Et que ferait-il dans cette pièce étriquée à son retour? Il s'en allait dans la partie floue de sa vie et ce qui composait cette chambre, au lieu de s'évaporer dans le rêve, n'en prenait que plus de poids. À mes yeux. Bien sûr, à mes yeux.

— Ne le laisse pas s'en aller, a-t-il dit.

— C'est Jim que j'aurais dû retenir, pas lui.

— En es-tu certaine?

Il essayait encore de m'aider mais c'était perdu d'avance. Je n'avais pas envie d'être aimée. J'en étais incapable. Et ça ne se disait pas.

— Je ne sais pas ce que je vais faire, lui ai-je dit.

Là, dans cette chambre, l'actualité recommençait à peser douloureusement dans ma poitrine. Tout se passait autour de ce poids douloureux. Des images de la guerre au Sierra Leone accaparaient l'instant. Pourquoi celles-là? Je n'en savais rien. C'était un pays que l'on avait oublié. Il était ressurgi quelques mois auparavant, puis était vite retombé dans l'oubli. Nous étions tous soumis aux images. Mon impulsion était de dire à mon père que je partais là-bas. Je le voyais signaler son désaccord avec le monde en entrant dans l'espoir amoureux. Une assomption de liberté. Je me voyais, de mon côté, discutant et agissant dans la poussière. Je pouvais transporter des boîtes. Je pouvais caresser la tête d'enfants affamés. Je pouvais apprendre à construire des abris, à manier des seringues, à parler calmement comme un petit dieu de tous les jours. Et pourquoi je ne le faisais pas? Je poursuivais une conversation avec Jim. Voici l'endroit où je devrais être. Je poursuivais une conversation avec des médecins me disant quoi faire, et surtout comment faire. Je pansais une plaie, voilà comment faire, puis je caressais la tête de l'enfant. Le geste vivait, il était, et ce moi désagréable disparaissait loin derrière.

— À quoi penses-tu? a dit mon père.

J'étais ramenée à l'ordre.

— Tu te rappelles l'histoire de la petite sirène?

— Bien sûr. C'était ton histoire préférée. Et alors?

— À la fin, elle a été sauvée par sa bonne action.

Mon père a éclaté de rire.

— Te revoilà comme quand tu étais petite! Mais regarde-toi, tu es toi-même une bonne action!

C'était son genre de phrases préféré. Elles nous enveloppaient dans la mélancolie. Un peu de passé, une touche de présent un peu truquée. Notre vie se déployait ainsi, dans le nid de phrases paraissant tombées du ciel. Des phrases qui camouflaient la peur, des phrases enfantines, légendaires, recouvrant l'inquiétude et l'angoisse.

— Il n'est pas parti, ai-je dit. Ce n'est pas fini.

— Je sais, a fait mon père.

— Il me rejoint dans mon sommeil.

— Je sais.

— Oui, ai-je dit.

Que signifiait ce moment? Est-ce que j'avais fait marche arrière? Est-ce que nous avancions les yeux bandés mon père et moi? De retour chez moi, je me retrouvais dans une chambre maintenant délaissée par deux personnes complètement différentes et étrangères l'une à l'autre. Cette idée me paraissait incroyable et l'impression de squatter mon propre appartement était plus nette que jamais. Rien ne m'appartenait. Et mon cœur battait, comme celui de quelqu'un qui attend un messager.

J'appréhendais le matin où je recevrais ma convocation au collège. Je n'avais répondu à aucun appel de mes collègues. Je n'avais pas préparé mes cours. Cette partie de mon identité avait lâchement été effacée. J'attendrais probablement la limite extrême pour la réveiller. J'en avais l'habitude. Ce n'était pas la première fois. J'avais été si longtemps précaire dans cet emploi que j'avais pour ainsi dire conservé la mentalité qui en découlait. Cette sphère de mon cerveau fonctionnait encore sur appel. Et je me faisais croire que je pouvais choisir de décrocher ou non le combiné. Ce système m'offrait un répit d'une semaine ou deux, tout au plus. Illusion, devrais-je dire. Puisque ensuite, j'avais une dette qu'il me fallait payer doublement.

J'ai essayé sans résultat de joindre Marc. Le message sur son répondeur avait changé : il s'absentait pour quelques jours. Ainsi, il m'échappait lui aussi. Je n'arrivais pas à garder quelqu'un près de moi. Et Marc avait raison : mon histoire d'amour était restée en suspens.

Il me fallait encore m'en remettre au hasard. C'était une voie sacrée où les lumières s'éteignaient puis s'allumaient sans avertissement. « Le vent souffle où il veut, et tu en entends le bruit ; mais tu ne sais d'où il vient, ni où il va. » J'ouvrais une porte, et au même moment une autre se refermait. Mon livre d'heures était resté ouvert sur mon lit et la dernière phrase que j'y avais écrite semblait vouloir prendre racine : *Et maintenant, je ne sais plus non plus où tu es.* Elle prenait racine et ses branches s'étiraient dans tous les sens. Regarde ce que je t'ai donné, avait dit Jim dans mon rêve. Les traits de son visage s'estompaient, mais la nature de son être semblait persister : je l'avais vu la veille, une petite valise à la main. Il entrait dans ma chambre, cachait la valise sous un drap blanc, avant de disparaître à nouveau. C'était : Le rêve de la valise cachée. Dans le livre d'heures, ces mots auraient pu symboliser la récolte du mois d'août. Les fleurs rouges devant la maison étaient somptueuses. Le vent soufflait sur le fleuve. Marc était parti, et mon désir cependant poussait comme les branches de mon arbre s'échappant à l'horizon.

En réalité, le messager était déjà sur sa route. Il existait une vague conspiration dans l'univers auquel j'avais honte de penser. Mais elle ne se situait pas là où je le croyais. Je croyais à la chute annoncée. Je croyais aux sirènes de bois, aux oiseaux aveugles et au Jugement dernier. Je croyais au murmure de Jim et à la puissance du secret non partagé. Il m'avait été enlevé. Sa sœur chuchotait une liturgie à l'autre bout du fil. Je fermais les yeux. Je n'étais rien. Et il n'était rien arrivé. Et j'y croyais.

J'étais sortie très tôt de l'appartement, ne supportant plus tout à coup le poids de ce nouveau silence. Nous ne sommes pas doués pour les séparations, m'avait dit mon père la veille en me serrant dans ses bras. Mais il était déjà ailleurs, lui, et je restais sur place avec la poussière. Je ne paniquais pas, je frôlais l'ombre du chagrin. J'avais déambulé dans mon quartier, repassant maintes fois par les mêmes rues comme quelqu'un qui cherche un objet perdu. Un jeune garçon dormait à l'entrée du métro et chaque fois que je passais devant lui, l'envie de le réveiller et de l'inviter à manger me traversait. Je m'imaginais découvrir le visage de Mathieu. Il m'avait dit un jour qu'il se voyait très bien finir dans la rue. Plusieurs de mes élèves m'avaient déjà fait cet aveu. La plupart du temps, ce n'était pas sérieux : cela ressemblait à une menace proférée de façon presque enfantine. Mais Mathieu était différent des autres. Il avait eu besoin de moi et je l'avais laissé tomber. C'était douloureux. J'avais donc envie de me mettre à la place de ce garçon. Faire du bien commençait peut-être par là. Mais le jeune garçon dormait d'un sommeil de plomb et j'avais peur de le confronter à une réalité pire que celle de ses rêves. La peur me séparait de lui, me protégeant comme le flot de lumière l'avait fait dans mon appartement. J'ai fini par me tenir à son côté, pendant de longues minutes, ange gardien invisible à l'œil nu des passants. Nous formions un sous-ensemble étrange et silencieux dans le grand ensemble des personnes qui s'en allaient travailler et qui refusaient de nous voir. J'étais bien, ainsi. Sans volonté. Une très mince possibilité de mon avenir touchait à l'avenir de ce garçon, il y avait des hypothèses de fuite et de refus, il y avait le visage de Mathieu, apaisé, amoureux, dormant dans les bras d'une femme ayant tout abandonné, et j'étais bien ainsi. Doux chaos. Attente d'une chose inconnue qu'on devine sur le point de se produire. Une transformation, un regret puissant, un enlèvement. Et puis je suis rentrée à la maison, la bonne action inaccomplie en laisse derrière moi.

Une carte postale m'attendait dans la boîte aux lettres. J'ai compris tout de suite, juste en voyant l'image, qu'elle venait de Jim. C'était la photographie d'un dragon de mer feuillu, une sorte de poisson qu'on ne pouvait voir que dans de très rares aquariums parce qu'en eaux profondes, il fallait vraiment être expert pour les distinguer et qu'il était difficile de les capturer. Je reconnaissais cet animal. Il se cristallisait soudain en vision épiphanique. Mon cœur s'est mis à battre très fort. D'autant plus que la carte provenait de La Nouvelle-Orléans, une ville que nous projetions de visiter ensemble avant que Jim sorte de ma vie. Il avait donc décidé d'y aller, malgré tout. Pourquoi? Je tenais la carte dans mes mains, n'osant pas encore la lire, et la question s'imposait déjà au-delà de toute explication: Pourquoi s'était-il rendu dans cette ville qui appartenait à une intimité perdue? Et pourquoi me le faire savoir? Pourquoi? Il y travaillait, sûrement. Il continuait son bestiaire, peut-être. Peut-être même qu'il le faisait pour moi, continuant à suivre la route tracée par l'être étrange, bicéphale que nous avions formé à deux. Cet être continuait à vivre. Peut-être. Peut-être visiterait-il, lui, l'être survivant, notre double, ou seulement Jim, tous les endroits où nous avions rêvé d'aller? En tout cas, l'image du poisson était spectaculaire: on aurait dit une forme hybride entre l'animal et le végétal, et les couleurs étaient presque impossibles à décrire: un camaïeu jaune orange et rouge. Je suis tout de suite tombée sous le charme. J'ai retourné la carte. C'était bien l'écriture de Jim. Il avait écrit: « Une beauté du monde sous-marin, comme toi. » Il était là. Les compliments commençaient. Des compliments rétrospectifs et incompréhensibles, cadeaux vivants au cœur battant et déployant ses tentacules comme si cet animal avait été créé par une sorte de dieu juste pour moi. Un dieu en dehors de notre univers. Un animal presque héroïque, en somme, du seul fait de son existence, comme l'amour de Jim, ainsi que toutes sortes d'animaux inusités tels les hippocampes, qui m'ont toujours fascinée avec leur corps cuirassé, leur nage gracieuse et verticale, et la façon dont le mâle porte les œufs pondus dans sa poche ventrale par la femelle. Dans ce monde, un animal de beauté ; dans ce monde rempli de cadavres oubliés dans les rivières, dans les flots du fleuve pollué, les marais, les sous-sols d'appartements chics et mensongers ; dans ce monde de réfugiés entassés telles des marchandises dans des cargos transportant des denrées aussi utiles que complexes, métal, blé, sucre, morceaux d'avions ; dans ce monde où les beautés sont cachées par d'autres beautés hors de portée, où les enfants en chemise blanche sont hantés et parfois découpés en petits morceaux de viande ; dans ce monde vaste et dur autant dans sa superficialité que dans sa violence, plus dur encore dans son manque de profondeur, de compréhension ; ce monde étoilé, soupirant, miné. Voici un ordre de beauté. Jim, moi, nous, le poisson de mer feuillu et probablement en danger de disparition. Disparition. Le mot prononcé par tous mais non compris, le mot de Lorraine, la mort de tout. L'amour de Jim.

Je suis remontée à l'appartement en pleurant, incrédule : la carte me brûlait les mains. Je pensais aux cimetières, je pensais, et tout en sachant que c'était absurde, pourquoi pas une carte d'un cimetière de La Nouvelle-Orléans, alors, pourquoi pas la cité des morts, ou la tombe de Marie Laveau décorée de fleurs et de bougies consumées et sur laquelle on a écrit des signes vaudou et tracé de petites croix; pourquoi pas une image de cimetière, puisque je les ai toujours adorés et collectionnés, puisque j'aime les morts, leurs monuments et les lieux où ils sont enterrés. Pourquoi pas les morts, en effet, puisque c'est à eux que je parlais, comme il me l'avait souvent reproché, alors que lui, il refusait de les entendre.

J'étais aveuglée, et en colère. L'animal était fait pour me séduire. Me garder avec lui. J'imaginais avec une précision affolante Jim découvrant l'animal puis m'écrivant cette carte dans sa chambre d'hôtel, celle où nous aurions dû aller, celle que nous avions réservée dans l'hôtel situé tout près du cimetière Saint-Louis, que nous avions choisi à cause du petit jardin rempli de bananiers et de magnolias où nous allions déjeuner et prendre des apéritifs; et puis je nous voyais passer tous les deux devant la Suite Faulkner, et regarder par le petit hublot, et j'entendais des voix, comme c'est mon habitude, la voix de l'écrivain noyée dans l'alcool et la chaleur, je me voyais posant des questions sur l'histoire du monde créole et les familles imbriquées dans des anecdotes occultes, et l'histoire des morts étrangement compliquée dans cette ville sous l'eau pendant que Jim dormait au pied du bananier. Et tandis que je tenais la carte postale, je ne savais plus si c'était vrai ou faux, si c'était des souvenirs ou non, si j'étais moi ou lui, et s'il m'avait vraiment quittée.

Pourquoi maintenant? Il était parti depuis quelques mois, et j'étais quelqu'un qui pouvait créer sa propre obscurité, j'avais appris cette unique chose, et voilà qu'il m'envoyait le messager de l'énigme. C'était peut-être une annonce. C'était peut-être un jeu, une invitation à le rejoindre à une noce imaginaire dans la ville choisie et longtemps rêvée par nous. Je ne savais pas. Il valait peut-être mieux ne pas comprendre. En même temps que je réfléchissais au sens de cette carte, le mot trahison sortait du cadre de la conversation avec Marc et venait poser sa patte sur l'image du poisson. Sa beauté appelait la nostalgie. La trahison venait de cette idée à laquelle Jim avait cédé, puisque deux n'était pas son chiffre. Il était resté seul, même alors que nous étions deux, et je voulais le renvoyer là où il voyageait, dans les limbes de souvenirs n'arrivant pas tout à fait à percer le cellophane entourant le présent.

J'ai posé la carte sur la grande table du salon. En quelques mois, ma vie avait changé, et maintenant, sur cette table, se trouvait sans doute le début d'une réponse à une énigme. Ou alors, c'est que l'énigme était la nature de l'être de Jim, la nature de son amour.

Ce n'était pas la seule carte que je recevrais, de ça, j'étais déjà certaine. Je me suis donc mise à attendre l'arrivée du facteur. Chaque matin, je trouvais une nouvelle carte, parfois deux, parfois trois. Ma maison se remplissait peu à peu d'animaux, et les membres de cette ménagerie d'outre-monde étaient désormais les principaux témoins de mon désarroi. Le cœur toujours battant, j'ouvrais la boîte aux lettres en espérant enfin découvrir où Jim se trouvait, j'attendais un signe plus clair, moi qui avais accepté, accueilli même, la fuite et l'oubli, j'étais devenue en quelques jours la femme d'un amant disparu à la guerre, remplie de désespoir et d'incrédulité. J'étais de retour dans le passé, celui qui n'avait pas encore commencé. C'était l'amour. Jim me manquait. Je lui manquais aussi. Ses portraits d'animaux parlaient de lui, mais s'adressaient à moi. Je les lisais comme des lettres d'amour.

Une seule carte indiquait le nom d'une ville et c'était la première. Toutes les autres étaient en fait des photographies prises par Jim, et la seule certitude que j'avais, c'est qu'il se trouvait quelque part aux États-Unis. Les photographies pouvaient avoir été prises n'importe où, mais elles étaient toutes envoyés de là-bas. Jim me disait quand même une chose : son œuvre d'art trouvait son origine dans notre vie à deux. Regarde tout ce que tu m'as donné, disait-il maintenant. C'était une offrande, une façon de rééquilibrer le poids de la perte, le poids du rêve et de la réalité.

Au fur et à mesure que passaient les jours, les portraits devenaient plus minimalistes. Le photographe se rapprochait de son sujet. Je tentais de classer les cartes à l'intérieur de trois séries : sous l'eau, sur terre, dans les airs. Je pensais à une variation personnelle à partir de l'arche de Noé. Les animaux sauvés du déluge, symboles de recommencement. Je faisais fausse route, sans doute. Jim ne travaillait ni sur le passé, ni sur les symboles. Il m'envoyait simplement des fragments de la généalogie universelle qu'il avait toujours voulu créer. Les portraits d'animaux auraient tout aussi bien pu faire partie d'un plus grand bestiaire contenant aussi des portraits humains. En cela, il ne faisait que mettre à jour ce qu'il avait toujours défendu sur la similarité entre les espèces humaine et animales. La seule différence, et c'est grâce à cela qu'il avait réussi à mes yeux à créer une œuvre d'art, résidait dans le fait que les animaux qu'il photographiait semblaient avoir une âme solitaire. Le mot âme m'appartenait, bien sûr, mais c'était solitaire. Il y avait quelque chose de nouveau dans ses images. Jim ne se faisait plus le témoin caché du rapprochement de deux corps sauvages. Au contraire, les animaux semblaient poser pour lui, comme des humains, ils semblaient regarder l'objectif de l'appareil photo, mais ils le faisaient, et c'est là que les portraits devenaient spectaculaires, comme s'ils étaient conscients non pas de leur propre apparence, de cela ils étaient totalement ignorants, mais de celle, étrange à leurs yeux, du photographe. Ils semblaient nous regarder d'un regard où frémissait une candeur inquiétante, une façon d'être au monde, à la fois intense et désintéressée; indéfinissable; là. J'ai compris alors que Jim avait superposé ma pensée sur la sienne : il me donnait raison à propos de l'âme puisqu'il avait trouvé la sienne en quelque sorte, mais pour lui, les animaux demeuraient supérieurs à nous. S'ils n'avaient pas d'âme, c'est qu'ils n'en avaient pas besoin. Ils étaient, et cela suffisait.

Jim avait d'abord photographié des petits animaux emprisonnés. Il y avait des scorpions et d'autres insectes baignant dans des bocaux où se reflétait une lumière artificielle. On ne distinguait pas toujours bien s'ils étaient morts ou vivants. La lumière était jaunâtre, et cela donnait plutôt l'impression de parcourir le catalogue d'un très ancien musée d'histoire naturelle. Ou alors, les bocaux appartenaient à un collectionneur un peu tordu. Jim l'avait peut-être rencontré. Peut-être aux États-Unis. Peut-être à La Nouvelle-Orléans. Tout était possible. Peu importe, les mini-aquariums demeuraient ensuite sur la conscience, parce qu'ils montraient un monde hésitant entre la naissance et la mort.

Venaient ensuite les animaux derrière un grillage. L'animal, un serpent, une tortue, un ours, n'était pas enfermé comme l'animal de zoo qu'il devait être. Il était libre, derrière le grillage. Jim avait dû visiter un zoo et demander la permission de libérer les animaux pour la séance photographique. Je savais qu'il procédait parfois ainsi, surtout quand il travaillait sur une commande très précise, une publicité, une quelconque image pour une revue. Mais cette fois, il y avait une intention artistique : la mise en scène n'était pas faite pour montrer quelque absurde état de captivité, au contraire, les animaux étaient là, égarés, en quelque sorte, dans leur liberté. C'étaient des esquisses. Jim en était encore au début de son projet.

C'est alors qu'arrivaient les autres images, les portraits d'animaux qui révélaient de plus en plus la signature du photographe, ceux qui parlaient de sa relation avec la vie, de ce à quoi il aspirait. On y voyait la tête d'un animal en plan très rapproché, le regard fixé sur l'objectif. Le fond était noir, comme si l'animal arrivait de nulle part. Je trouvais un cheval, une vache, un aigle, des faucons, et plusieurs chiens de rue. Cette partie du *Bestiaire* de Jim était donc composée en grande partie d'animaux terrestres, domestiques pour la plupart, mais ils étaient photographiés de telle façon qu'on avait l'impression d'en découvrir à la fois l'aspect sauvage et familier. J'étais attirée par les oiseaux de proie. Ils nichaient en montagne, et j'imaginais le bonheur de Jim dans cette situation extrême. Il pratiquait un art qui était aussi un sport, c'est pourquoi il aimait tant son métier. Les portraits de chiens me paraissaient plus mélancoliques. Jim avait toujours décrit les chiens comme des animaux vivant entre deux mondes, ils faisaient figure d'exception dans sa façon d'envisager le règne animal. Cette idée transperçait chacune des photographies. Le regard du chien rappelait la quête amoureuse, cependant la façon dont ils étaient photographiés nous éloignait de toute notion d'espoir. Ce qui se dégageait de ces photographies n'avait d'ailleurs rien à voir avec de quelconques sentiments familiers. On avait plutôt l'impression que ces animaux étaient les seuls survivants d'une catastrophe à l'échelle planétaire. L'idée de l'arche de Noé n'était peut-être pas si fausse après tout. Mais ici, pas de punition. Ni de deuxième chance. Je regardais les photographies avec un mélange de fascination et d'effroi. L'univers capté était celui de l'austérité. Les mots qui me venaient étaient ceux-ci : paradis et austérité. Le chagrin habitait tout près, mais il restait de côté, dans une petite cabane hors champ.

Je suis vite devenue obsédée par ces photographies : j'attendais les cartes, et quand elles arrivaient, je les plaçais sur la table, essayant de reconstituer un casse-tête d'où je pourrais ensuite voir émerger l'image de ce que j'avais perdu. Autour de moi, la vie extérieure et matérielle s'estompait peu à peu. C'était ma tendance naturelle, et il avait été si facile de m'y laisser aller.

Les messages écrits m'importaient peu. S'il existait une vérité, je croyais que je pourrais la percevoir à travers les images, non pas à travers les mots de Jim. Les messages étaient lacunaires et me semblaient d'ailleurs composés à la façon de titres coiffant chacune des photographies :

Je pense à toi chaque jour.
Ton âme est si pleine.

Je te demande pardon.
Jamais je ne retrouverai quelqu'un comme toi.
J'ai conscience de la moindre chose.
Je suis prisonnier.

À travers ces mots, je me voyais comme quelqu'un de faible qu'on aidait à déraper. Au contraire, quand je regardais les portraits, je voyais mon corps se tenir bien droit sur une terre désertique dans une lumière bleutée. Je goûtais la saveur du grain solitaire de la photographie. Je faisais partie du bestiaire en quelque sorte, et, chaque matin, mon image dans le miroir s'en trouvait transformée. Il y avait une force dans ce reflet que je n'avais jamais vue. C'était la force que me donnait chaque moment de solitude. Le visage de Jim apparaissait derrière moi. Il me disait merci. Il montrait notre ressemblance. Paradis et austérité. Je regardais. Je sentais. J'étais portée par des idées insensées.

Puis il y a eu deux jours sans rien, deux jours vides, et ensuite une dernière carte est arrivée. C'était un autoportrait : Jim, en plan américain, devant ce que je devinais être sa maison à Belfast. Ainsi, il était finalement retourné en Irlande. Il avait répondu à l'appel de sa sœur et réglait ses comptes avec le passé. Mais pourquoi voulait-il que je sois témoin de cette quête, maintenant, alors que de ce passé j'avais toujours été éloignée ? Allait-il me revenir transformé, prêt à recommencer à aimer ? Allions-nous retomber dans le sombre jardin, aligner les valises contre le mur, et nous abandonner à nouveau au premier baiser ? Allions-nous errer dans une nuit de confessions et d'aveux ? Les seuls mots écrits derrière la carte impliquaient une série de scènes désordonnées que je n'avais aucun mal à imaginer. *Tu es avec moi,* avait-il simplement écrit. Sa voix tremblait, il reprenait possession d'une émotion. Et j'étais là, fantomatique, dans la conversation qu'il entretenait avec lui-même.

Il m'a paru vieilli. Ses épaules étaient courbées, son corps avait changé comme s'il s'était délesté d'un poids mais chargé d'un autre, plus lourd encore, différent en tout cas. Je me rappelais avoir senti mon corps d'une façon inhabituelle après son départ. Dans la maison vide, mon corps était devenu un meuble que je pouvais frôler et sentir sous différents angles. C'était moi, et ce n'était pas moi. Plus grande, plus petite, plus mince. Mes doigts poussaient, ils gelaient en pleine chaleur, ils blanchissaient. Pour Jim, cela semblait se passer de la même façon. Il vieillissait de façon inattendue. Et il y avait soudain cette preuve à travers laquelle je pouvais lire beaucoup de choses jusque-là laissées en plan.

Par exemple : le retour en Irlande. Je répétais ces mots à voix haute. C'était l'axiome d'une théorie inachevée, l'axe fiché dans le sol d'un édifice en construction. Je marchais maintenant de long en large dans mon salon, la photographie de Jim à la main. J'étais en deuil, Jim me quittait une deuxième fois. Plus je regardais l'image de lui à Belfast, moins je croyais à son retour. Les animaux avaient fait miroiter une indéfectible communion entre nous. Je croyais à une forme de salut. Je croyais que cela disait : nous sommes liés à jamais. Mais voilà que dans la dernière photographie, Jim me disait à nouveau adieu, et qu'il m'emportait avec lui. Le bestiaire n'était peut-être en somme qu'une sorte de legs qu'il avait voulu me faire. Un jour, j'apercevrais le livre dans une librairie et je m'évanouirais, moi qui vivais tout, sans compréhension, qui oubliais les visages et les mots; je verrais la mort apparaître et se dérouler comme un long ruban de soie chatoyant, inaccessible, fuyant. Et cette fois, cette fois, oui, enfin, je sombrerais. Puisque ça n'aurait jamais été assez. Puisque je n'aurais jamais réussi.

Je me suis noyé, avait écrit Jim au dos de la carte. Je le voyais ouvrir les bras en croix et plonger dans le vide. La vision était revenue, elle prenait l'allure d'une prescience qui maintenant s'accomplissait. Il plongeait dans l'eau à son tour, il piquait du nez comme un oiseau halluciné, il piquait aussi droit qu'un missile parti en guerre, et puis il me ramenait, comme la sirène de bois, à la surface du monde visible. La fin était digne de ma plus ancienne imagerie amoureuse. L'amour était tenace et intemporel. La vie tournoyait dans ma maison, les murs étaient enluminés de signes et d'animaux solitaires. Cela parlait de défaite, de faiblesse, de fragilité et de désir. Jim se noyait. Avec moi. Sans moi. Dans la même eau. Cela parlait de solitude et de consolation. Et voici que je vivais.

3

Faiblesse.

Le téléphone avait retenti plusieurs fois dans l'appartement, comme en rêve. Je comptais et recomptais les animaux, je tirais des conclusions de cette numérologie et le dialogue avec Jim emplissait tout l'espace du présent. J'étais prise au piège.

On m'avait donné mon horaire de cours sur le répondeur, on m'avait convoquée à une réunion qui s'était déroulée en mon absence. Mon père aussi avait tenté plusieurs fois de me joindre. Il restait peu de jours avant son départ, peu de jours surtout avant le début des cours. J'avais l'impression que la minuterie d'une bombe se déclenchait au loin.

Marc était revenu. Mon père avait finalement réussi à lui transmettre son inquiétude et l'avait convaincu de passer me voir.

Je lui ai ouvert la porte, les yeux rougis. J'étais contente de le retrouver, contente de lui dire que je tentais de faire ce qu'il m'avait demandé. C'est-à-dire retourner sur les lieux du deuil inachevé. Et qu'est-ce que ça changeait?

— Même s'il disparaît, ai-je dit, je suis toujours avec lui.

Marc a regardé les cartes postales, une à une. Je voulais qu'il le fasse. Sa présence me rassurait. J'avais besoin qu'il voie, qu'il reconnaisse les preuves et qu'il fasse revenir la réalité avec son œil de scientifique défroqué.

— Beau, a-t-il dit. Mais cruel.

— Cruel?

— Cruel et lâche.

Il a fait de l'ordre dans le salon. C'était plus fort que lui, il fallait qu'il prenne soin de quelqu'un.

Il a ouvert une bouteille de vin blanc. Rappel de notre rencontre à tous les deux. Je souriais malgré tout.

— Tu es si belle, a-t-il dit. Même défaite, tu es belle.

Défaite. Faiblesse. J'ai replacé mes cheveux, et je suis allée me regarder dans le miroir de la salle de bain. À cet instant, ce qu'il venait de dire était vrai. J'étais différente, encore une fois, changée. Je ne pouvais pas dire que c'était réel. Je ne m'attendais à aucune image. Mais il y avait ces yeux vibrants qui me regardaient.

Je suis allée dans ma chambre pour mettre des vêtements propres. J'avais conscience de l'autre, et cela s'était mis à compter d'une façon inouïe. J'étais comme ces animaux photographiés. Marc avait capté mon aptitude à la survie.

Il s'était assis sur le divan, il avait repris les cartes postales et les examinait à nouveau.

— Je ne comprends pas pourquoi il t'a quittée, a-t-il dit.

Je me suis servi une verre de vin. Je cherchais des mots précis. J'avais peur qu'il recommence à manifester sa jalousie.

— Peut-être qu'il ne m'aimait plus.

— Je ne peux pas le croire.

— Alors ce n'est pas moi qu'il a quittée.

J'ai pris les cartes et je les ai placées en pile sur la table.

— Ça ne veut rien dire, a dit Marc. Ce genre de phrases ne veut rien dire.

— Au contraire, ai-je dit. Il se détestait.

— Comment?

— Il se détestait. Cela se sentait à sa façon de penser à ses cheveux, de regarder les autres, je ne sais pas, de m'aimer peut-être.

— Peut-être, a dit Marc. Mais ce n'est pas une raison pour te faire du mal.

— C'est vrai.

Les choses encore incomprises prenaient forme dans l'atmosphère. Comment quitter quelqu'un qui n'est jamais vraiment parti, comment quitter un homme dont on ne sait rien? Comment lui en vouloir? Je ne pouvais qu'échouer et la demande de Marc était encore une fois rejetée. Je retournais sans cesse à ma première faiblesse, comme Jim retournait à la sienne. On aime des êtres de qui on ne peut jamais assez s'approcher. Ensuite ils meurent et on ne s'abîme pas non plus dans leur mort. Et puis on fait ainsi: on entretient la maison, on nourrit de petits oiseaux, on ne reconnaît pas la vérité. Jusqu'au dernier moment, sans doute.

— Je n'ai jamais su que mon père avait voulu mourir, ai-je dit.

— Mais tu l'as senti toute ta vie.

— Tu crois?

— C'est toi-même qui me l'as dit.

— J'ai toujours eu peur aussi pour Jim. Je m'en rends compte aujourd'hui.

J'ai repris la photographie de Jim dans la rue de son enfance. La maison de briques rouges derrière lui ressemblait à n'importe quelle maison de quartier ouvrier, mais il y avait un vague désordre autour qui appartenait à la guerre. Je pouvais le percevoir même si c'était absent de l'image. Je l'avais toujours perçu, sans pouvoir le toucher. Je pouvais maintenant voir le sentiment d'oppression qui étouffait Jim. Il émergeait de l'homme qui se cachait la nuit pour parler avec sa sœur. Il irradiait de tout son être. C'était lui, l'homme que j'avais aimé. Cette fois, le personnage était complet.

— Qu'est-ce que ça veut dire «je me suis noyé»? C'est une menace? C'est pour que tu ne l'oublies jamais?

Je voyais les choses autrement. La colère ne prenait pas en moi. Je ne pouvais pas la faire mienne. Jim m'avait emprunté ce passage, ses propres cauchemars d'enfant tournaient plutôt autour de maisons qui brûlent.

— Il s'est noyé. Cette obsession m'appartient. Peut-être veut-il que je l'oublie, au contraire.

— Alors c'est un service qu'il te rend? Génial!

— Arrête, ai-je dit.

Nous ne pouvions pas continuer ainsi. Ce n'était pas nous. Ce n'était surtout pas moi.

— Je n'ai pas cherché à comprendre avant. Et je ne dois pas le faire maintenant non plus.

— Tu es forte, a dit Marc.

Il a ajouté, presque pour lui-même:

— Il ne s'est pas noyé, il en est incapable.

Il m'a prise dans ses bras. Son odeur m'a envahie instantanément: souvenir vivant. Nous avons fait l'amour sur le tapis comme deux êtres prêts à tout pour se sauver par une brèche. J'étais si fatiguée, je sentais mon corps devenir transparent au milieu de cet échange de folie. Il y avait la présence de ces animaux qui me surveillaient, il y avait des regards tapis dans tous les coins de la pièce, et puis nous nous sommes pénétrés l'un l'autre, nous avions ça en commun, pour finir, cette facilité à nous abandonner.

— Viens, je vais t'apprendre à dormir, a dit Marc ensuite.

Dans mon lit, les draps n'étaient pas frais et j'ai ressenti pour la première fois une sorte de honte. Je me suis couchée, serrée contre Marc. Je m'attachais à lui maintenant à une vitesse presque palpable. Chaque minute passée se chargeait de mots nouveaux. J'éprouvais du chagrin. La chambre était éclairée par un seul rai de lumière pâle. Marc respirait doucement. Il n'avait plus mal.

Le téléphone m'a réveillée en pleine nuit. J'ai couru jusqu'à mon bureau pour aller répondre parce que j'espérais, parce que je savais que c'était Jim; je savais que ce n'était pas encore fini.

Jim pleurait à l'autre bout du fil.

— Aide-moi, a-t-il dit au bout d'un moment.

Je me suis durcie. Tout ce que j'avais imaginé n'arriverait pas à cause de ce durcissement. Je pensais à ce qu'avait dit mon père au sujet de ma mère, qu'elle était devenue froide, que son cœur avait gelé. Je m'en voulais déjà, mais c'était ainsi. J'étais dure, je ne pouvais pas faire autrement.

Il avait de la difficulté à parler. J'ai cru qu'il avait bu, et au bout de quelques minutes, je lui ai demandé s'il préférait me rappeler un peu plus tard. J'étais nue dans mon bureau, et je marchais en pensée sur la pointe des pieds. J'avais peur de tout faire rater par une erreur d'attention, un mot mal prononcé, un soupir mal placé. Cette scène attendue n'arrivait pas. Je lui ai dit de ne pas bouger, que je revenais tout de suite, et je suis allée chercher la bouteille de vin au frigidaire. Il en restait juste assez pour me réchauffer.

J'ai repris le combiné.

— Je suis là, ai-je dit.

Jim avait cessé de pleurer.

— Tu me manques, a-t-il dit.

Je me suis mise à le questionner. Il se trouvait dans un hôtel en Irlande, à la campagne. Je lui ai fait décrire sa chambre, ce qu'il voyait de la fenêtre, la route qu'il avait prise de Belfast et le lac qu'il longeait pour s'y rendre. Malgré les détours empruntés, j'ai vite compris que sa rencontre avec sa sœur avait mal tourné. Elle n'arrivait toujours pas à lui pardonner. Le passé était resté figé. Il a commencé à me raconter sa visite au cimetière où reposaient ses parents. Il parlait d'une petite église en ruine où une forte odeur d'encens l'avait submergé comme autrefois. Ses propos me paraissaient décousus. Il disait qu'il m'avait menti. J'ai voulu tenir le fusil, répétait-il sans cesse.

Pourtant, je voyais si bien cette image que j'avais conservée dans ma mémoire comme un coffret de famille entouré de mystère : Jim tenant le fusil, et tirant, et les applaudissements jaillissant ensuite, et les bras de sa mère s'ouvrant pour l'accueillir avec fierté.

Mais il n'avait pas tenu le fusil, bien sûr que non, nous le savions tous les deux, mais, surtout, il n'avait pas vu non plus sa sœur déposer la fleur sur le cercueil comme il me l'avait raconté maintes fois parce qu'il n'était pas là. Ainsi donc, ce silence, cette faille entre nous, en lui, à cause de ce simple fait: il n'était pas là, à l'enterrement de son père. C'était ainsi que l'Histoire avait déposé son poids sur ses épaules, en se déployant autour d'une seule petite scène ratée. Il répétait cette phrase: je n'y suis pas allé, tu comprends? Comment répondre à cela? Je ne comprenais pas vraiment. Je ne me sentais plus concernée par sa confession. Il disait que tout partait de la honte, et que tout y revenait. Il avait toujours eu honte de son manque d'engagement politique, et quand son père était mort, le deuil lui avait paru beaucoup trop lourd, et surtout beaucoup trop complexe; il y avait sa mère d'un côté, et de l'autre, il y avait des blessures profondes et graves, des idées, un passé et un avenir à défendre, des passions, des coupables et des innocents, des hommes et des femmes s'apprêtant à tirer, et voilà, l'amosphère était soudain devenue intolérable dans l'église et il s'était enfui avant la fin de la cérémonie. Plus tard, peut-être pour se racheter, il s'était rallié à un groupe, et puis un jour, ils allaient poser une bombe, et ça non plus il n'avait pas pu, et il s'était encore défilé à la dernière minute.

Il me racontait ces détails qu'il m'avait cachés, sa lâcheté – c'est le mot qu'il employait –, son sentiment d'être devenu l'ennemi, sa culpabilité envers son père enfin expliquée, et au bout du compte, ce qui restait, c'était toujours la même chose: l'image d'un homme en fuite.

— Je pensais comme ma mère, a-t-il dit. Je pensais que c'étaient des vies gâchées pour rien. Maintenant, je ne suis plus sûr. C'était peut-être une excuse. Je ne sais plus.

— Mais qu'est-ce que ça change aujourd'hui ?

— Je ne me suis pas battu, Élisabeth, je ne me suis jamais battu. C'est une petite vérité, mais elle est douloureuse, et elle reste prise à l'intérieur de moi.

— Et nous, que fais-tu de nous ?

— Je ne peux pas.

Il s'est remis à pleurer.

Ce qu'il tentait de m'expliquer, au fond, c'est qu'il ne s'était pas battu non plus pour continuer à m'aimer. Il ne pouvait pas rester. Et c'est lui qui en était malade.

— Peut-être plus tard ? a-t-il demandé.

J'ai entendu son sourire à travers ses larmes.

— Oui, ai-je dit.

Nos paroles étaient retenues par la crainte de nous faire mal, et par une sorte d'espoir perdu d'avance. Il y avait une corde tendue entre nous, mais ni l'un ni l'autre ne pouvions nous en servir. Nous étions impuissants, comme si l'amour nous avait été enlevé et que nous le regardions derrière un mur de verre.

— Peut-être plus tard, ai-je répété. Quand ?

Il a eu un rire empreint de tristesse.

Après un long moment de silence, il a parlé de nous comme de jumeaux coupables devant l'Histoire. Cette idée m'a fait sourire à mon tour. J'étais soulagée en un sens, parce qu'elle comportait un élément de vérité qui perdait de son importance. C'est alors que la conversation a pris une tournure étrange : le passé s'était envolé et nous nous sommes mis à discuter de choses et d'autres. Je commentais les images de son bestiaire, il parlait de la suite de son projet, me demandant mon avis sur le moindre détail. C'était irréel, intense, et je savais que j'étais en danger. Mes idées le séduisaient. Ce n'était qu'un leurre, bien sûr, mais je continuais. C'était le miroir de ce que nous avions été, et de ce que nous aurions pu être. Et dans ce miroir reflétant un avenir impossible, toutes ces paroles, tous ces petits récits tenant dans la paume de la main, allaient bientôt se fracasser.

— Reviens, ai-je supplié.

Cela me brûlait. Cette chose que je n'avais jamais faite. La supplication au fond de ma gorge. Je pensais à ma mère sur son prie-Dieu priant pour des réparations divines, mais moi, nue, dans l'ombre, loin de sa noble prière, je tombais à genoux pour supplier un seul être de m'écouter, une fois, une seule fois, seulement ça; je voulais le dire, demander qu'il reste, le dire, supplier qu'il revienne, faire qu'il comprenne, montrer enfin ma faiblesse, et la sienne, et que cette voix remonte et tende une perche vers un monde plus grand que la résistance qui persiste en chacun de nous.

Mais au même moment, Marc est apparu dans le cadre de la porte, et je me suis tournée vers lui, et ma demande, et ensuite la réponse de Jim, ont perdu momentanément leur raison d'être.

— Ne me fais pas ça, a murmuré Jim. Ne me fais pas dire non.

La phrase m'a traversée sans déposer ni certitude, ni espoir, ni délivrance. J'avais été distraite, et, encore une fois, par ma distraction, le moment présent avait manqué de fulgurance. La cible restait intouchée.

J'ai raccroché le combiné et j'ai suivi Marc dans ma chambre.

4

Consolation.

Sous l'eau demeure le peuple de la mer. «Tous les poissons, grands et petits, vont et viennent entre les branches comme les oiseaux dans l'air.» La petite sirène était «une enfant bizarre, silencieuse et réfléchie. Lorsque ses sœurs jouaient avec différents objets provenant des bâtiments naufragés, elle s'amusait à parer une jolie statuette de marbre blanc, représentant un charmant petit garçon, placée sous un saule pleureur magnifique, couleur de rose, qui la couvrait d'une ombre violette. Son plus grand plaisir consistait à écouter des récits sur le monde où vivent les hommes».

J'avais choisi cet extrait de *La petite Sirène* pour débuter mon cours. Je ne voulais plus respecter le plan imposé mais suivre mon instinct. Depuis longtemps, j'avais l'habitude de lire et relire les mêmes phrases, souvent les plus simples, dans l'espoir d'en extirper l'essence la plus concentrée, de la toucher, de la faire mienne. Ainsi, ces phrases d'Andersen que je lisais depuis l'enfance: «Son plus grand plaisir consistait à écouter des récits sur le monde des hommes. Toujours elle priait sa vieille grand-mère de lui parler des vaisseaux, des

villes, des hommes et des animaux.» Ces phrases me-
naient à un territoire à la fois personnel et vaste comme
l'amour et la littérature. Voilà pourquoi, perdue dans la
contemplation de semblables détails, je n'étais arrivée
à achever ni mon travail de recherche, ni bien sûr la
rédaction de ma thèse. J'avais laissé tomber cette quête
au cours de l'été, et il n'était pas question de reprendre
le fil là où je l'avais laissé. Tout cela restait suspendu,
inachevé, dans l'atmosphère de mon bureau, et c'était
bien ainsi. Mais je ne pouvais pas quitter mon travail. J'y
retournerais donc en faisant les choses à ma façon. Je
parlerais du conte d'Andersen et puis je remonterais le
courant en empruntant des chemins de traverses pour
parler de la formation des mythes, de quêtes, d'amour
et de guerres, de songes et de voix entourant des monastères remplis de bibliothèques où se trouvait le feu
sacré. Je voulais pour une fois céder à ma géographie
imaginaire où s'entrelaçaient tant de motifs, à la manière des manuscrits enluminés que j'étudiais depuis
des années, qu'il m'était impossible d'isoler un élément
et d'en fixer le sens pour toujours. Je voulais entraîner
mes élèves sur cette voie. Je voulais croire, il le fallait
pour que je puisse continuer, que c'était ma place, que
j'étais payée pour reconnaître l'existence de créatures
marines cherchant l'âme éternelle, et cela, même si le
poids de ma vie avait si peu d'incidence sur la marche
de l'Histoire. Il y avait des hommes creusant des mines,
pleurant dans des tunnels souterrains; il y avait des
chercheurs d'or, des amants entrelacés dans la philo-
sophie, des animaux symbolisant la nature humaine;
il y avait des phrases d'une seule ligne qu'on pouvait
ouvrir, et ouvrir encore, et qui libéraient le secret de
la connaissance. Je ne pouvais pas garder tout cela

pour moi. Je pensais à Mathieu, modelant mes futurs élèves d'après son visage. Il avait incarné une forme idéale de curiosité, tout son corps y participait, c'était visible, même quand il se terrait au fond de la classe, et cela m'apparaissait sans doute plus concret à cause, ou en dépit, du vent de folie qui était passé entre nous. Je choisissais pour lui des récits dans la Bible. Tout se mêlerait en une symphonie où la vie émergerait de fragments naufragés et de visions qui avaient traversé l'Histoire et qui recommençaient. Notre civilisation était encombrée d'objets et, paradoxalement, comme s'il n'y en avait pas assez, ou justement parce qu'il y en avait trop, des artistes éprouvaient aussi le besoin de récupérer des fractions, des atomes de matière jetés pour créer d'autres formes. Ces formes finiraient bien par engendrer de nouvelles forêts de mots à traverser. Ce que je ressentais n'était probablement pas communicable, pas plus que l'amour éprouvé pour un être, peu m'importait pour l'instant. Je voulais retrouver le désir. Je voulais parler à mes élèves de la correspondance entre petites et grandes choses, entre le visible et l'invisible, entre les mots des autres et notre silence. Je voulais parler de notre héritage. Je construisais des images dans lesquelles ils pourraient pénétrer comme on pénètre dans une cathédrale : ébahi, intimidé, humain.

Je résistais à l'envie d'appeler Jim. Je croyais qu'il existait peut-être une autre dernière fois, du moins, une possibilité de la sauver. C'était notre histoire d'amour, et nous l'avions laissée s'échapper comme deux êtres déterminés par la société dans laquelle ils vivent. Mais j'attendais que le hasard me dicte à nouveau la voie. Jim avait sans doute quitté son hôtel en Irlande, et une petite voix me soufflait de pas chercher à le retrouver.

Marc ne m'avait pas posé trop de questions. Il était retourné à son travail lui aussi et nous avions convenu de mettre en veilleuse notre relation pour le moment. Je n'arrivais pas à le quitter, mais je ne pouvais pas non plus être tout à fait avec lui. Je savais qu'il ne pouvait se contenter de cette liaison en demi-teintes, il méritait plus, et je ne voulais pas non plus vivre ainsi. Les photographies d'animaux ornaient toujours la bibliothèque de mon salon. J'inventais des suites à ce bestiaire inachevé, je plaçais mon livre d'heures en contrepoint, je réinventais ma rencontre avec Jim, il n'y avait pas de fin. Toujours ce chaos au-dessus duquel l'amour languissait. J'étais toutefois en train d'apprendre une chose : Jim n'aurait pas compris. Il pouvait me remercier de l'avoir aidé, il pouvait m'avouer son mensonge, sa défaite face à une forme d'héroïsme, même illusoire, même familial, ça comptait si peu au bout du compte : c'était mélodieux, c'était sentimental, c'était cruel, mais il ne pouvait pas aller plus loin. Il se butait à un mur, celui de sa vie où des parties de lui restaient enfermées et protégées. Il n'aurait pas compris ce que je voulais dire, sans doute parce que jamais il ne l'avait fait.

Les derniers jours avant le début des cours se sont écoulés ainsi. J'étais exaltée. Le soleil me réveillait tous les matins. La chaleur enrobait chaque instant d'une expérience physique, matérielle. Mon corps m'était encore étranger. Mais il était devenu un étranger solide, musclé, auquel je m'habituais tout en le regardant parfois avec un vif élan de curiosité.

Je devais retourner voir mon père. Je ne l'avais pas revu depuis le souper d'anniversaire de Marc et il commençait à s'impatienter. Après tout, j'étais son seul lien ici.

Dès mon arrivée, il m'a pressée de lui raconter ma conversation avec Jim. J'ai sorti de mon sac l'auto-portrait devant la maison de briques rouges. Mon père hochait la tête, hésitant entre la colère et la compassion. Il y avait toujours un endroit dans son cœur pour défendre sa petite fille. Mais il avait l'esprit ouvert et percevait la zone floue des émotions humaines.

Le jour où ma mère avait rencontré Jim pour la première fois, elle était si manifestement enchantée d'entendre son accent, d'avoir devant elle quelqu'un qui venait d'un pays au passé lourd, plus qu'intéressant, marqué au fer rouge, qu'elle s'était mise à le harceler de questions, l'entourant d'une attention presque déplacée. Elle semblait mieux connaître l'histoire de l'Irlande du Nord que Jim lui-même, truffant son discours de détails politiques sur lesquels il ne savait pas quoi dire. J'étais éblouie. Si j'osais avancer une idée, ma mère me contredisait d'un ton juste assez méprisant. Elle parlait de l'histoire des exilés irlandais dans notre pays. Et tout ce dont je me rappelais à ce moment, c'est que Jim s'était exilé, lui aussi, qu'il vivait depuis longtemps en Amérique, qu'il avait enterré certains aspects de son identité irlandaise, mais de cela, ma mère ne voulait pas parler. Jim, lui, louvoyait, plutôt mal à l'aise.

— Aide-moi, m'avait-il dit au moment où nous nous étions retrouvés seuls au salon. Aide-moi, elle me voit comme un homme ayant souffert de la guerre.

Il trouvait ça amusant. Et puis, au fil des heures, ça l'avait ennuyé.

— La vérité, c'est que je me sens maintenant comme un usurpateur de souffrance, avait-il fini par lancer au cours du repas.

Son ironie s'était transformée en petite arme bien aiguisée.

— Et moi donc! avais-je répliqué.

C'est alors que mon père m'avait pris la main sous la table. Il n'avait pas prononcé un mot de tout le repas. Que pouvait-il dire sur l'Irlande, lui? Tout ce qu'il souhaitait, c'était de savoir si Jim était assez fort pour m'aimer, et j'ai longtemps cru que dès le début il en avait douté. Il m'a serré la main, nous nous sommes regardés en tentant tous les deux d'étouffer un rire. Ma mère s'est renfrognée, quelque chose venait de lui filer entre les doigts, pour une fois c'était elle l'exclue. Mon père et moi avions réussi à tourner la scène en ridicule. C'était à notre avantage. C'était ça, ou bien ouvrir une trappe et nous enfoncer tous les deux dans la noirceur. Il voulait m'emmener ailleurs, et il avait réussi. Nous avions fini par parler d'autre chose. Sa vie sur les bateaux, mon enfance solitaire, notre monde rond, petit et concret comme une boule de billard roulant sur un tapis de table un peu usé.

Devant le silence de Jim, ma mère avait fini par s'incliner. Mais ça n'avait fait qu'empirer la situation, elle rougissait maintenant, comme devant quelqu'un ayant acquis une valeur importante mais secrète. Le secret lui plaisait, à elle. Il s'insérait parfaitement dans sa vision du monde, et elle savait comment le faire fructifier. Elle avait ce don. Pas moi. J'étais trop émotive pour ça. Trop amoureuse.

Le regard de mon père passait de la photographie de Jim à moi, on aurait dit qu'il tentait de refaire le lien entre nous.

— Je ne le reconnais pas, a-t-il dit en me redonnant la carte.

— Voyons, papa. C'est tellement lui.

— Tu trouves?

— Oui. C'est lui.

— Il a un mauvais regard, a-t-il dit.

— Tu parles comme un vieux!

— Je suis un vieux! Et voici le conseil du vieux: oublie-le.

— D'accord, d'accord, ai-je dit.

Nous avions encore trop bu. J'ai voulu inspecter les valises de mon père, faites beaucoup trop à l'avance à mon avis, mais il a refusé. Il était vieux, mais pas complètement sénile, m'a-t-il signifié. Bien sûr que non, il s'en allait revoir la femme qu'il aimait. Cette idée n'avait pas encore tout à fait pris sa place. Au fond, je ne pouvais pas effacer le doute, la peur qui m'avait habitée toute mon enfance à mon insu: peut-être qu'il avait menti? Peut-être allait-il mourir? Peut-être qu'il partait pour se jeter dans le maelström, une mort parfaite pour lui, une mort correspondant à un chapitre perdu de notre roman familial. Je n'osais pas le lui dire. Mais je croyais que quelqu'un qui a déjà voulu mourir continuait toute sa vie à vivre avec cette possibilité bien ancrée en lui. C'était une inclination vers la mort, et aucune logique ne pouvait tout à fait la dominer.

— Je ne pars que dans une semaine. Et cesse de t'inquiéter.

— Tu es sûr qu'elle t'attend?

Je lui tendais un piège. Mais mon père était trop intelligent pour se laisser prendre.

— C'est un simple voyage, Élisabeth. Je vais en Suède parce que c'est un pays que j'ai toujours voulu revoir. J'ai appelé cette femme, et elle m'a répondu.

Je passe un moment avec elle, et puis je reviens. D'accord?

— D'accord.

— Et puis, toi, oublie-le.

Je suis repartie un peu rassurée. Mon père m'avait promis que nous irions ensemble, pour la première fois, déposer des fleurs sur la tombe de ma mère. C'était important pour lui. J'imaginais une cérémonie d'adieu, non pas à elle, mais à son propre chagrin. Il espérait peut-être que cela m'aiderait à faire de même. Notre vie était remplie de peut-être. Mais ce jour-là, en le quittant, j'ai vu que mon père avait vraiment l'air heureux.

Rien n'est indifférent. L'univers conspire pour semer des cailloux sur notre route. J'imaginais la vie ainsi. C'était une vision rassurante. Les cailloux s'enfilent les uns à la suite des autres comme des perles baroques tremblant sur un fil invisible. Et puis un jour, nous le retrouvons au fond d'une vieille valise, ou dans une rigole devant une maison vaguement reconnue.

Le lendemain de ma visite à mon père, je suis retournée à la bibliothèque pour voir si Lorraine était revenue. L'image de cette femme pleurant dans sa cuisine ne m'avait pas quittée. Je me sentais concernée. J'avais été témoin de son désespoir et je n'avais rien pu faire. J'espérais la retrouver à sa place. Il y avait eu une sorte de dérapage, je m'en sentais responsable comme quelqu'un qui a fait un geste ayant déclenché une série de conséquences et qui s'en va ensuite. Une sorte de délit de fuite. Je voulais maintenant rétablir la situation, et dire me voici, je suis là.

Il y avait donc ces cailloux sur le chemin : le visage de Mathieu abandonné à lui-même, par ma faute, le jeune garçon dormant dans un *sleeping bag* gris devant la bouche du métro, Lorraine se frottant les mains et les muscles de ses bras frémissant sous sa peau. Il y avait ces émigrés ayant fui un pays en pleine folie raciste et meurtrière. On les avait vus débarquer de l'avion, et un peu plus tard, dans une chambre d'hôtel, dans le gymnase d'une école, sourire en prononçant quelques mots de français. Les enfants continuaient à jouer avec une balle, on ne comprenait pas comment ni pourquoi. Mais, de toute façon, on les oublierait peu à peu. Il y avait des élèves abattus par d'autres élèves, des enfants torturés sauvagement par d'autres enfants à peine plus âgés, on croyait voir là une nouveauté de notre espèce, le résultat d'une mutation, comme une tare apparue chez des animaux dénaturés. Les animaux de Jim faisaient figure de spécimens désuets dans ce paysage. Ce dernier fait, la torture d'un enfant par un autre, en apparence isolé des autres, me conduisait à Lorraine. Je savais qu'elle était hantée par cette tache dans l'univers, cette erreur monumentale qui était l'homme en somme, et qu'elle la vomissait.

Elle n'était pas revenue. Quelqu'un d'autre avait pris sa place et m'expliquait que Lorraine était en congé pour une durée indéterminée. Ce n'était pas une vraie surprise, et pourtant, j'avais l'impression d'apprendre une sombre nouvelle. L'adjectif employé, indéterminée, m'effrayait. La vie de Lorraine, comme la mienne, s'y engouffrait.

J'ai attendu la fin de l'après-midi et je me suis rendue jusqu'au quartier irréel où habitait Lorraine, à l'heure où j'avais le plus de chances de trouver quelqu'un à la maison.

Le petit garçon m'a ouvert la porte. Je lui ai souri. Il m'a reconnue. Puis il m'a dit que Lorraine n'était pas là.

— Je ne sais pas quand elle revient, a-t-il ajouté.

Il tenait à la main une calculatrice, et je lui ai demandé ce qu'il faisait. Il m'a répondu qu'il faisait du calcul de probabilités.

— Des probabilités? De quoi? ai-je continué.

Il hésitait cette fois à me répondre.

Il m'a entraînée au salon puis s'est calé dans le divan.

— Par exemple, a-t-il dit, le nombre de fois qu'une personne cligne des yeux dans une journée.

— Et quoi d'autre?

— Le nombre de fois qu'un enfant meurt écrasé par un autobus au cours d'une année, dans un pays donné.

— Et c'est beaucoup?

— Ça dépend des pays. Du nombre de villes dans chaque pays.

— C'est vrai.

Je le trouvais un peu étrange. Je n'avais pas l'habitude des enfants et je me disais que c'était peut-être un comportement normal. Peut-être que les enfants étaient naturellement compulsifs. Mais j'étais frappée aussi par sa ressemblance avec Lorraine.

Sur la table du salon, il y avait plusieurs feuilles blanches remplies de colonnes de chiffres.

Le petit garçon m'observait du coin de l'œil.

— J'aime l'arithmétique, a-t-il dit. Je calcule tout.

— Comme quoi?

— Comme le temps que ça prend pour manger. Ou pour lire un livre. C'est comme ça que je choisis mes livres. Je calcule le nombre de pages par minute, et ça donne le nombre de jours dont j'ai besoin pour le lire.

— Et tu y arrives?

— Oui. Il faut.

Il avait dit ça avec fierté. J'étais certaine qu'il finissait toujours son livre le jour voulu. C'était un petit garçon intelligent. Il avait trouvé une façon de contrôler son environnement.

D'une question à l'autre, nous avons fini par parler de sa mère. J'ai appris qu'elle était depuis un bon moment à l'hôpital. Il essayait d'expliquer ce qui s'était passé, mais il n'y arrivait pas. Il ne trouvait pas les mots. Il se tenait raide comme du bois sec.

— Elle ne pouvait plus respirer, a-t-il dit enfin.

Je l'ai laissé à ses mathématiques. Je suis allée à la cuisine et j'ai trouvé le nom de l'hôpital sur la porte du frigidaire. Il était écrit sur un bout de papier retenu par une souris aimantée.

Malgré ma répulsion pour cette maison, j'avais encore du mal à la quitter; le désarroi du petit garçon m'avait secouée.

Si je me projetais dans le temps, je pouvais considérer cette maison comme le vestige d'une ancienne civilisation. Mon appartement était plus révélateur encore: la poussière, le désordre, les livres, les photographies d'animaux pouvaient être pris, en totalité ou en partie, pour une des nombreuses hypothèses de la vie sur terre dans une fin de siècle où toute espèce se savait menacée. Partout, l'impression de danger existait.

Je voyais se dessiner la fragilité de notre existence à travers la souris retenant le bout de papier sur la porte.

J'ai laissé une note sur la table. J'allais revenir et je voulais que le père en soit averti.

Lorraine était assise sur son lit quand je suis arrivée à l'hôpital. La porte de sa chambre était ouverte et je l'ai aperçue tout de suite en sortant de l'ascenseur. Ses pieds ne touchaient pas terre et, de loin, elle avait l'air d'une petite fille. Les chambres d'hôpital colorent ainsi la présence de certains malades, jusqu'à un certain âge, bien sûr. Ensuite, chacun finit sans doute par ressembler à un corps de corbeau tout sec. Comme ma mère.

Je suis entrée dans la chambre, et Lorraine s'est exclamée, surprise, et sincèrement contente de me voir. J'en étais étonnée. J'ai apporté une chaise près de son lit et nous nous sommes mises à bavarder. En fait, c'était surtout elle qui parlait. On aurait dit que son discours avait été préparé d'avance. Le son de sa voix, le rythme de ses paroles donnaient l'impression qu'elle s'adressait à un auditoire captif à l'intérieur d'elle-même plutôt qu'à l'extérieur. C'est ainsi que, très vite, la conversation s'est transformée en monologue. Elle essayait de faire le récit des événements qui l'avaient conduite ici. Mais les faits fuyaient devant son raisonnement. J'ai compris que ce n'était pas la première fois. L'acte commis, s'il y en avait un, imaginaire ou réel, était cependant enseveli sous l'avalanche de phrases. Ce qui l'avait conduite dans un tel état de folie, c'était ce qu'elle voyait. Elle voyait ce qu'elle disait. Elle avait vu à la télévision l'arrestation du jeune garçon coupable de la fusillade à l'école. Elle avait entendu ses paroles. Il a souri, disait-elle. Devant les caméras, il a souri, les mains attachées dans le dos. Ce sourire monstrueux, elle l'imitait. Et puis elle continuait: elle avait vu sur l'écran de télévision des enfants morts couchés sur des planches de bois, des bébés plus morts que ça aussi, mais comment peut-on être plus mort que mort? Et sous des tas de briques, disait-elle, j'ai vu un pied, blanc, d'une blancheur impossible, et autour de la cheville était enroulée une chaînette en or très brillant, 18 carats, j'en suis sûre, je connais la couleur de l'or, disait-elle, un bijou continuant sa vie ici-bas, n'est-ce pas bizarre? un pied tout blanc et une chaînette en or revivant une seconde à l'extérieur du charnier, et puis non, pas des briques, mais des mottes de terre durcies, et ensuite j'ai vu un homme disant sur toutes les chaînes de télévision qu'il n'a rien à déclarer, il a violé deux filles mais n'a rien à déclarer, ça me rend folle, disait-elle, tout le monde sait que les deux filles sont ses propres filles, son propre sang, personne ne le dit, tout le monde le sait, et il a sa photographie dans les journaux et signe des autographes parce qu'il est célèbre et adulé, en dehors de la loi, les vedettes sont en dehors de la loi, comme le pied en dehors du charnier, mais non, ce n'est pas pareil, ça me rend folle, que le pardon soit le mot le plus à la mode qui soit, le mot pardon et le mot sexe, sur toutes les lèvres, bien sûr, alors que c'est ainsi, alors qu'on doit continuer à vivre, on voit un homme et une femme accorder leur pardon à celui qui a tué leur petite fille, leur enfant trouvée morte dans un ravin, leur bébé caché dans une poubelle, je ne sais pas, leur garçon poignardé, le pardon est accordé à tous les meurtriers, puisqu'on se tait, puisqu'on souffre trop pour le dire, et quoi encore, ils sont tous invités à déblatérer devant nous, et ils se font ensuite couper les cheveux, les meurtriers dînent au restaurant, ce qu'ils ont fait est déterminé par la société, et pardon, il n'y pas de faute, c'était ce qu'ils avaient vécu petits, et moi alors, traumatisme, gourmette en argent plaqué, tête cognée contre les murs, et le chef de tribu qui s'ennuie, il faudrait lui envoyer des fleurs, et quoi encore, des films d'action, des petits cadeaux luxueux de la compagnie, montre Gucci, caviar, ordinateur de poche, ainsi, disait-elle, j'ai été poussée moi aussi, chaque fois que je vois un homme entrer dans ma chambre avec une machette à la main, chaque fois que je vois les enfants debout dans le couloir sombre, me regardant, n'osant pas faire un geste, cessant de respirer, je sais que j'ai cela dans mon cerveau, c'est dans mon cerveau, cette partie de ma tête, un terrain vague où j'enfouis moi-même mes enfants sous les décombres, un terrain vague où je les étrangle, un escalier du haut duquel je les projette, ma petite fille en premier, puis le garçon étrange, avec sa volonté, son regard de reproche, son inquiétude constante, aucun médicament n'arrivera à bout de ces images, puisqu'elles ont été, quand bien même elles ne seraient plus, elles ont été, et parfois, disait-elle encore, parfois j'ai peur de mes propres enfants, ils écoutent la télévision eux aussi, ils connaissent le nom de choses dont j'ignore même l'existence, ils trafiquent des accessoires pour leur défense, des armes chimiques, ils sont parfois aussi froids que des cadavres d'enfants, des fantômes d'enfants hantant le couloir, et j'ai cru, je crois, j'arrive à penser qu'il serait mieux de les tuer moi-même que de les laisser vivre ici sur cette terre.

Discours de Lorraine. Ses pieds se balançaient dans le vide, et mes propres mains tremblaient. Je tournais parfois la tête et voyais des visiteurs cherchant la chambre d'un malade. Certains portaient des fleurs abritées dans le cellophane. J'espérais l'arrivée de son mari, qu'il interrompe le flot de ses paroles. Et puis, comme si elle avait lu dans mes pensées, elle s'est arrêtée brusquement. Elle fixait un point dans l'espace qui ne m'était pas accessible. J'ai cru que je devais appeler l'infirmière, mais elle m'en a empêchée.

— Ça va, a-t-elle dit. Je suis juste fatiguée.

Je revoyais son petit garçon, si fatigué lui aussi, et je me demandais si elle avait peut-être essayé de le tuer pour de vrai. C'était peut-être ça, le fait. Cette femme était douce, et pourtant, c'est ce qu'elle affirmait, sous ses paroles, elle affirmait préférer les voir morts. Alors c'était ça le fait, et sans doute qu'elle passait sa vie à l'étouffer.

— Je n'ai pas grand monde à qui parler, a-t-elle dit pour s'excuser. Je perds la carte, n'est-ce pas ?

Elle souriait d'un sourire étrange.

— Je ne leur ai rien fait, a-t-elle dit. Seulement, je ne me comporte plus comme une mère. Je ne me comporte plus du tout.

J'ai commencé à caresser ses cheveux. Au bout d'un moment, elle s'est étendue dans le lit.

— C'est bien, m'a-t-elle dit.

J'ai replié les draps sur elle comme il le fallait, le drap blanc par-dessus la couverture pour qu'elle ne sente pas la raideur du tissu sur sa peau. Ces gestes avaient été appris depuis longtemps, et pratiqués maintes fois au chevet de ma mère. Mais ma mère ne sentait rien. Moi non plus. Seule la présence de mon père arrivait parfois à la faire sortir de son sommeil de mort. Le mot cancer, la prolifération des cellules, les métastases emplissaient tout l'espace et produisaient des ondes métalliques sans une parcelle d'humanité, malgré ce qu'on essayait de me faire croire. Lorraine, au contraire, ressentait la moindre vibration, le moindre changement dans l'air. Une odeur de gingembre sur sa peau réussissait encore à camoufler celle de l'angoisse.

Je regardais Lorraine comme une sorte d'alter ego contrastant. Cela décuplait ma disposition à vouloir la consoler. J'avais manqué de bienveillance envers ma mère malade, pour bien des raisons, dont la première était la couche de frimas qu'elle avait laissé se former autour d'elle, mais Lorraine m'ouvrait la porte de son cœur, et je voulais lui ouvrir la mienne. C'était une petite action facile, le plus petit degré de consolation que je pouvais offrir, cela ressemblait même à de bons sentiments, mais je refusais de les repousser. Je voulais être là, c'était tout, et c'est ce que j'avais toujours éprouvé en compagnie de cette femme. Quelque chose en elle m'avait toujours été familier, et maintenant plus que jamais. Seule, parmi ceux qui l'aimaient, elle cherchait comment s'éloigner du monde, alors que je cherchais à tout prix comment m'en approcher. Qu'on en finisse et qu'on recommence à neuf, disait-elle parfois en riant. Elle balayait de sa main la surface de la terre. Pluie de météorites, pluie de cendres, extermination du royaume des humains. Sa vision pouvait sembler cynique, ou, au contraire, trop enfantine, mais je savais qu'au fond, elle attendait autre chose de la vie. Contrairement à mon père, en elle, il n'y avait pas d'inclination vers la mort. On pouvait la perdre, mais c'était parmi les vivants.

— J'ai vu ton garçon, ai-je dit.

— Santi ?

— C'est son nom ? Il est très gentil.

— Et ma fille, Ariette ?

— Elle n'était pas encore arrivée.

L'inquiétude a soudain transformé son visage. Elle s'est rassise un moment dans le lit.

— Je lui ai dit de l'attendre. Il doit l'attendre à la sortie de l'école.

Elle s'est mise à pleurer doucement, à la fois en train de réprimander son petit garçon et de lui pardonner.

— Ils sont trop différents, a-t-elle dit. On croit que des membres d'une même famille se ressemblent, on croit qu'il faut qu'ils soient deux, on croit à un genre de protection mutuelle. Mais c'est faux. Ça n'existe pas.

— Je ne suis pas d'accord, ai-je dit.

Il devait bien y avoir un lien plus fort que les autres nous enveloppant tout au long de notre vie. Pour ma part, je ne l'avais trouvé qu'avec mon père, mais c'était un lien atténué par l'approche de la vieillesse, et par la peur qu'il reste le seul que j'aie jamais su garder.

Lorraine s'est recouchée et j'ai replacé ses couvertures. Elle a fermé les yeux et j'ai compris qu'il était temps de la laisser se reposer.

— Serge va venir, a-t-elle chuchoté.

Il la trouverait endormie. C'est ce qu'elle souhaitait, j'en étais certaine. J'ai fermé doucement la porte, en prenant soin de laisser une étroite ouverture. J'aimais l'idée de cette porte entrebâillée, le va-et-vient des infirmières bercerait le sommeil de Lorraine jusqu'à l'arrivée de son mari. Les enfants grimperaient sur son lit. Elle se souviendrait alors de ma visite et la soirée finirait sur une note de courage. Sensation furtive dans la pénombre de sa chambre. Et dans la mienne. N'empêche, elle pouvait désormais compter sur moi.

Mon père et moi, ensuite, agenouillés auprès de ma mère.

Je me rappelais toutes les fois où, au cours de voyages, nous avions visité des cimetières où reposaient des personnages célèbres. Nous marchions tous les trois entre les tombes, mon père tenait la main de ma mère, et moi derrière, le regard suspendu à leur pas. Moments historiques que je finissais toujours par détester, bien sûr, puisque j'oubliais le nom des morts et ne gardais en mémoire qu'une impression à la fois sombre et douce, intime. Je revoyais maintenant les croix, les monuments les plus pauvres, les inscriptions à demi effacées; je revoyais la montée vers cette petite montagne en haut de laquelle reposaient les membres d'un village entier disparu sous les flammes. Toutes les tombes d'enfants, je me rappelais les avoir aimées. Je me revoyais quitter mes parents, inspecter chacun des monuments, lire et relire l'épitaphe, le nom et l'âge des enfants comme si c'était des récits venant d'un monde à la fois lointain et familier. Dans mes veines coulait la caresse d'un bonheur léger et mystérieux. J'étais emportée, j'étais au ciel, parmi eux. Consolation infinie. Souvenir plus pénétrant que tous les autres. Lorsque je rejoignais mes parents, j'étais habitée, et plus seule que jamais avec mon secret.

5

Désir.
Le rêve avait changé. Une grande salle accueillait les invités du congrès sur la littérature médiévale et Jim venait à ma rencontre pour me confier un livre emballé dans du papier de soie noir. C'était un fac-similé du Livre de Kells, objet presque impossible à acquérir.
— Chut, me faisait-il à l'oreille. La vie t'appartient.
Puis il disparaissait dans la fumée comme un prestidigitateur. Je restais là, avec ce don trop précieux qui allait sûrement bientôt m'échapper. Je commençais à feuilleter les pages, pressée, excitée et fascinée. Les serpents lumineux s'entrelaçaient devant mes yeux, les couleurs jaillissaient. Je croyais enfin pénétrer le secret de l'art. Et puis je m'éveillais en pleurant.

Le congrès avait existé dans la réalité. Il s'agissait d'une série de conférences sur les monastères d'Irlande, centres importants d'enluminure de manuscrits au Moyen Âge. Un fac-similé du Livre de Kells était offert à la vue, on en tournait une page chaque jour, comme au Trinity College à Dublin où se trouvait l'original.

Dans la salle de réception, Jim me guettait, ses appareils photo à l'épaule. Il accompagnait un ami et couvrait l'événement comme photographe. La plupart des invités officiels étaient des universitaires spécialistes du Moyen Âge, mais une petite communauté d'Irlandais se trouvait parmi les autres, ceux qui faisaient partie du public profane. J'allais rarement à ces réunions réservées aux initiés, mais, cette fois, la présence du livre m'avait attirée, de même que la ville de Boston où se déroulait le congrès. Une ville où je me suis toujours sentie bien.

Jim avait pris de nombreuses photographies de moi qu'il avait glissées sous la porte de ma chambre d'hôtel au cours de la dernière soirée. En guise de signature, il avait agrafé sa carte d'affaires à l'une des photos. Nous avions très peu parlé, en fait, mais trois jours dans son regard avaient suffi pour créer le choc amoureux. Cela se voyait dans chacune des photographies. J'étais l'animal de désir que Jim voulait adorer. Et il y mettrait tout son cœur, je le ressentais déjà. J'avais fait mes valises le matin, et, parce que j'avais encore un peu de temps libre et que je savais qu'il habitait non loin de l'hôtel, sur le coup d'une témérité inhabituelle, j'étais allée frapper à sa porte. Il m'avait ouvert et m'avait prise par la taille pour me faire entrer à l'intérieur. Un geste qui m'avait semblé si désuet que je m'étais mise à rire. Il riait lui aussi sans savoir pourquoi. Puis je lui avais tendu les photographies en lui disant qu'elles ne m'appartenaient pas. Il les avait reprises.

— Je comprends, avait-il dit en souriant. Ce n'était qu'un piège.

— C'est pire que de se regarder dans un miroir, avais-je dit.

— Alors elles sont à moi.

Il m'avait ensuite conduite à l'aéroport. À la dernière minute avant mon départ, il s'était approché pour m'embrasser.

— Baiser parfait, avais-je dit avant de m'éloigner.

C'est ainsi que tout avait commencé.

« Chez les scorpions, l'accouplement est toujours précédé par une très longue et lente promenade où les fiancés s'étreignent chastement par leurs pinces. »

Dès le lendemain, Jim m'avait téléphoné et nous avions passé des heures à parler. Il m'avait alors raconté ce qui l'avait conduit à photographier des animaux, et je lui avais lu cet extrait du *Bestiaire d'amour*. C'était le point fort, l'origine de la correspondance idéale entre nous. Entre le désir et l'amour. Si tout se trouve dans la première image, la nôtre était déjà complète : il y avait la ville que j'aimais, la rivière qui coulait non loin de l'hôtel ; il y avait la salle de réception, et ces allers et retours dans de somptueux monastères ; et il y avait ce livre du VIIIe siècle projetant sur toute la scène son mystère. Et ensuite, nos paroles s'emboîtaient les unes dans les autres comme si tout avait été orchestré par la main d'un artiste. L'amour est une question esthétique, avais-je souvent déclaré à Jim, en réponse à son point de vue cartésien. Dans la vision du monde médiévale que j'étudiais, il n'y a pas d'amour sans image. Si c'était vrai, si on tombait amoureux grâce à un agencement particulier de formes, de symboles et de métaphores, en matière esthétique, nous n'aurions pas pu faire mieux.

Des semaines plus tard, Jim arrivait chez moi. Les valises alignées contre le mur nous regardaient tandis que nous faisions l'amour pour la première fois.

Les images étaient solides, comme des figurines de verre déjà brisées sur lesquelles nos corps s'entrechoquaient.

Souvenir du désir : il venait de m'enserrer comme si j'étais sa proie. Je tressaillais au moindre bruit. Cette fois, je n'avais plus besoin de chandail usé au collet, ni de photographies, ni de mots écrits. Le souvenir était là, au cœur d'une émotion en train d'être revécue. Il y avait quelqu'un, et il n'y avait personne. Il y avait le corps de Jim. Il y avait notre parfum. Tout recommençait. Le désir était le cercle à l'intérieur duquel je repassais sans cesse. Allais-je revivre cet unique moment pour le reste de ma vie, comme si de cet unique moment était déjà né tout mon futur ? Et que s'était-il passé ensuite ?

Il y a eu de longs matins à regarder bouger les feuilles de mon arbre. Je préparais mes cours, et puis je m'assoyais au chevet de Lorraine. Près d'elle, j'avais l'impression de réparer une injustice, une sorte d'infidélité faite d'abord à ma mère, et puis au monde. Je touchais ses longs cheveux. Je tenais sa main tandis qu'elle parlait de sa guérison prochaine. Je ne la jugeais pas. Je n'avais pas pitié d'elle. Au contraire, je l'admirais et ses récits m'apaisaient.

J'avais croisé son mari plusieurs fois, et il avait fini par paraître soulagé de pouvoir partager son fardeau. Lorraine sortirait bientôt, et je veillerais sur elle. Il y avait cette entente tacite entre nous, une entente qui adoucissait la vie de Lorraine, et cela me rendait plus gaie moi aussi. J'étais la seule autre famille de Lorraine.

La proposition pouvait s'inverser et me rendre mélancolique, mais je ne l'inversais pas.

J'ai reçu une autre carte postale de Jim décrivant la suite de son voyage en Irlande. Il parlait de la campagne et de villes jamais visitées. Le texte finissait sur ces mots : Merci de m'avoir écouté. Je tournais la carte, je fixais le paysage, dans l'espoir d'y entrer enfin. N'était-ce pas ce que j'avais fait toute ma vie : essayer de percer la pellicule glacée d'une image ? Je m'insérais tel un personnage invisible dans la courbe sinueuse entre les deux montagnes. Dans cette faille devait bien résider une idée, une raison, une simple vérité que je n'avais pas encore comprise. J'espérais que Jim m'y rejoindrait. Je me trompais.

Mon père a déchiré la carte en petits morceaux qu'il a fait voler par la fenêtre.

— Celle-là n'était vraiment pas nécessaire, a-t-il dit.

J'ai regardé le jardinier ramasser les bouts de papier un à un en hochant la tête. Mon père a essuyé mes larmes avec le mouchoir qu'il avait mis dans sa poche de veste pour le voyage. Ses valises nous attendaient en bas, dans l'entrée. Il était temps de partir.

Voilà mon père, il m'envoie la main en souriant. Il tend son billet à l'employée, il s'avance vers l'entrée du tunnel : il est parmi les autres, un peu nerveux. Il porte un habit de lin kaki, la veste est froissée dans le dos. Il se retourne et me fait au revoir une dernière fois. Mon père est heureux. Il est élégant. Il traverse une frontière imaginaire. Le moment présent, le présent lui-même se rapproche de lui. Et il rajeunit.

Devant le miroir de ma chambre, à mon retour de l'aéroport, j'ai vu qu'il m'était possible de retrouver mon allure juvénile, à l'instar de mon père. C'était une très fine nuance de ma personnalité, dans ma façon de bouger, dans le port de ma tête, qui me faisait lui ressembler. Une forme de refus, en somme. La question de l'apparence n'y était pour rien. Toutes ces années passées à tenter de camoufler un noyau d'imperfection, un noyau dur de tristesse et de chemins perdus, un désir de chute. Et puis voilà qu'un jour, on entre dans un labyrinthe, on voit la chute se matérialiser dans un détail presque invisible à l'œil nu, on cesse de s'égarer.

J'ai attendu que la nuit passe. Le lendemain matin, mes nouveaux étudiants m'attendaient et ce moment, bien qu'il me faisait toujours peur, suscitait de nouvelles hypothèses. Je pouvais choisir entre trois robes : la bleue, la noire ou la blanche. Chacune engendrait un tableau différent. Je posais ainsi trois séries de questions : celles de l'amour, celles du corps et de l'âme, celles du langage et du mystère. Je voyais mon père descendre de l'avion dans son habit froissé. J'étais émue. Je cessais de parler. Je souriais. Mes élèves cherchaient dans l'abstrait le sens de ce sourire. Ils se trompaient. C'était moi : quelqu'un de mort, et quelqu'un de vivant.

L'été n'était pas fini, au contraire, on aurait dit qu'il voulait recommencer. Le vent chaud entrait dans ma chambre. Je frissonnais sous mon drap.

Je pouvais dire : voici comment vivent les morts et les absents.

Je pouvais dire : voici pourquoi je m'occupe du passé.

Je pouvais aussi simplement commencer l'histoire que j'avais choisie.

C'était la nuit. Je lançais l'hameçon à la mer.

6

Solitude.

En me tenant devant le miroir, je pouvais revoir la scène comme s'il s'agissait d'une autre hypothèse. De toute façon, le miroir n'émet jamais que des hypothèses. Au retour d'une journée de travail, j'enfile des vêtements trop grands et sales comme si j'allais continuer un travail de construction. Je vois mon allure en passant devant le miroir et je préviens Marc comme s'il était là: c'est à prendre ou à laisser. Une pirouette un peu gamine. Et puis ma voix se perd quelque part. Jim, lui, n'avait rien accepté. Une partie de lui me repoussait. Un détail subtil dans une architecture amoureuse imposante. Autour de moi, le mouvement est solitaire. Il l'a toujours été. Comme la brume émergeant entre les montagnes d'Irlande. À la fin, je ne sais plus distinguer le vrai du faux.

Je me rappelais: il ne s'agissait pas de souvenirs, mais de faits inachevés, qui n'avaient pas fini d'advenir. De petits changements d'ordre mineur, inférieur, comme faisant partie d'une couche de vie impossible à capter sur le moment. La nuit: sa manière de respirer. Une lettre d'amour où le choix des mots avait changé. Pas le choix des mots, non, cela me revenait bien maintenant, plutôt leur combinaison. M'y voilà: il y avait un hiatus dans la combinaison des mots, des gestes, même les plus familiers, qui créaient un sentiment de malaise. C'est ici que s'ouvre le cercle, dans ce hiatus perçu et immédiatement repoussé. Cela n'avait duré que très peu de temps; comment aurais-je pu alors accorder autant d'importance à un malheur pressenti à partir de particules s'ordonnant en deçà de notre conscience, un malheur que je n'avais pas le droit de comprendre, ni même de ressentir, et qui ne s'inscrivait dans aucune durée? Je ne pouvais pas croire au mensonge. Je ne pouvais pas croire que cela arrivait, l'ignorance, la soumission; ce sabordage. Je ne me suis jamais écoutée. Maintenant je savais: car même son odeur était différente. Nous faisions l'amour, et son odeur n'était plus tout à fait pareille. Cette odeur me revenait. C'était difficile à croire, je ne le croyais pas, je ne pouvais pas le lui dire, surtout pas à lui qui accordait sa pensée sur notre seule existence biologique, ni même le saisir, mais l'odeur de son désir avait aussi changé. Ou alors c'est qu'il n'avait plus de désir. C'est une chose qu'il avait depuis longtemps appris à camoufler. Les hommes le font, et nous l'ignorons. Ou alors, c'était la peur, le désir de fuite. Mais le fait est, dans le noir, les yeux bandés, je ne l'aurais pas reconnu. Tout était là, dans ce rien où tout avait déjà basculé. L'odeur était là. Et je ne pouvais pas le dire, car si je l'avais dit, je l'aurais su, tout en le sachant déjà, bien sûr, puisque l'âme sait ce que le corps sait mais tente de toutes ses forces de cacher. Ou bien c'est le contraire, selon la vision que l'on a de la vie, du monde des hommes et du monde animal, ou simplement du moment, le corps sait ce que l'âme ignore encore, ou veut ignorer. Ou alors il n'y a que le corps qui sait, comme aurait dit Jim. Et son corps à lui savait. Une nuit, je m'étais réveillée et je l'avais vu en train de me regarder. Il était assis dans le lit, tout habillé, et il me regardait. Et puis:

— Je m'en vais.

Il s'était levé et il était parti.

C'est tout. Je m'en vais. Ces mots n'avaient pas de sens. Mais ils étaient les seuls vrais mots qu'il avait su prononcer. J'avais dû faire une erreur. J'essayais de bien entendre, il faisait noir, il faisait clair, les feuilles d'arbres bougeaient, les portes s'ouvraient, les gens marchaient en bas sur le trottoir, mais c'était déjà mon autre vie qui commençait. Les mots avaient heurté une surface trop lisse et glissé avec Jim à l'extérieur de la maison. Il n'avait rien dit d'autre. Je voyais qu'il partait, et je voyais qu'il m'aimait. Et je me taisais. Parce que je voulais qu'il en soit ainsi. Mon âme le voulait. Je cherchais à respirer. Nous avions déjà tout oublié.

J'ai aperçu Jim : il s'est assis tranquillement dans le fauteuil que nous avions acheté ensemble, un verre de scotch à la main. Des branches d'arbres avaient envahi le salon.

Jim s'est levé, émerveillé. Je portais la robe blanche.

— Tu as changé, a-t-il dit.

Il m'a ouvert les bras. Je m'y suis jetée.

— Mais je n'aime pas le blanc, m'a-t-il chuchoté à l'oreille.

Mes lèvres ont glissé sur sa bouche. J'ai mordu. Le sang a gonflé sa lèvre.

— Ça n'a pas de sens. Tu ne dois pas dire ça.

Dix fois je suis entrée dans mon appartement, et il était là. Cela se résumait peut-être à un amour impossible. Ou alors tout n'était qu'une erreur de perception. Je lui parlais de mes élèves comme je l'avais toujours fait. Puis il s'évanouissait dans l'obscurité de ma chambre.

J'avais assemblé son bestiaire en un livre miniature. L'impression d'austérité et de fin du monde demeurait. J'ai commencé à enluminer le contour des images. J'avais appris il y a longtemps comment faire : c'était un travail minutieux qui demandait beaucoup de patience, une qualité dont j'avais hérité. L'objet se transformait sous mes yeux et cela me procurait une sorte de bien-être, de distraction, d'amour, si j'ose dire. J'étais concentrée sur un point fixe, comme un navigateur suivant sa route dans le brouillard grâce à des repères extérieurs aléatoires. J'avais inventé des emblèmes et choisi pour chaque animal une saison que je représentais avec un élément de la nature correspondant. Je pensais à Lorraine et à ceux qui enfileraient peut-être un jour – contrairement à ce qu'elle croyait – des gants blancs pour toucher cet objet profane, amoureux, rescapé du passé.

J'avais revu Mathieu le premier jour de classe : il m'attendait à la sortie de mon cours. Il semblait un peu plus calme, plus confiant. Il portait un anneau en or à l'oreille et avait laissé pousser ses cheveux. Il a sorti une carte de son sac pour me la donner. L'enveloppe était cachetée et il m'a demandé d'attendre avant de l'ouvrir. Dans mon bureau, j'ai lu ce qu'il m'avait écrit : des mots d'encouragement pour ma session qui commençait. La carte avait été choisie avec soin : c'était la reproduction d'une page manuscrite de *Carmina Burana*, un chant d'amour, un des rares poèmes illustrés de ce manuscrit. On y voit deux amants peints entre les lignes dans un espace rectangulaire. L'homme est sur le point d'offrir à sa dame un bouquet de roses et de lis, leurs mains sont tendues mais les amants ne se touchent pas. L'image est remplie de mélancolie et de désir inassouvi.

Le choix de Mathieu m'avait émue et en même temps réconfortée. J'avais réussi à lui communiquer ma passion pour l'art de l'amour et du corps au Moyen Âge.

J'enseignais à mes élèves les résonances multiples du langage poétique. Je m'arrêtais parfois pour leur offrir des détails plus anecdotiques. Ils avaient toujours une prédilection pour les objets de l'amour et je passais plus de temps qu'il n'était nécessaire à leur expliquer la signification de tel ou tel gage. Le miroir, la ceinture, la couronne, le coffret. Le corps de la femme, celui de l'homme, l'endroit où ils se tenaient dans le tableau.

À mon retour, j'enfilais mes vieux vêtements, j'enluminais les cartes de Jim, je me caressais au pied du miroir. Les jours pouvaient se dérouler ainsi jusqu'à la fin; cette possibilité continuait à me fasciner. Je voyais se tracer le dessin d'un coquillage dans le sable. Je voyais la maison d'un ermite. Je voyais les fleurs pousser dans la neige. Je voyais l'humilité. Je voyais un amour endolori. Je pouvais devenir une forme parmi d'autres, une matière d'être, à l'instar des animaux photographiés par Jim; je pouvais endosser la précarité absolue de la solitude, éprouver parfois un sursaut de besoin, tendre certains muscles de mon corps jusqu'au plaisir farouche et inintelligible. Je pouvais perdre, peu à peu, et une fois pour toutes, le sens de ce qui fait une vie enrôlée dans la personnalité. Je pouvais renoncer, me confondre avec le paysage. Devenir la pierre que j'avais voulu être au début du printemps, réceptacle de la pluie, du bonheur et du malheur des autres, de la vie qui passe, du temps qui meurt. Je le pouvais. Cette possibilité, je l'avais accueillie, elle ne m'effrayait plus, et même si elle ne s'exauçait pas, elle avait maintenant le pouvoir de me rendre à la vie.

Je suis allée chercher Lorraine à l'hôpital pour la ramener chez elle. C'est la tâche qui m'avait été assignée. Étrange comme on occupe vite parfois une place concrète dans la vie de quelqu'un. Un jour, il n'y a rien. Le lendemain, le lien a poussé comme une plante sauvage. Le ciel était trop vaste, l'Histoire était trop vaste, l'eau noire m'attirait. J'étais tourmentée par le besoin de partager. J'étais avalée par ce besoin. Il fallait que je pose certains gestes. Il existait une vision où l'amour et la bonté demeuraient.

Les enfants avaient préparé un repas avec leur père. Fleurs sur la table. Plats attrayants disposés avec soin. La peur se terrait dans le jardin.

— Je suis amoureuse, m'avait dit Lorraine dans la voiture.

Cette phrase m'avait paru détachée de tout ce qui nous entourait : la route, la voiture, elle, son passé, son futur, le mien. Et c'est parce qu'elle était détachée de tout qu'elle concordait parfaitement avec le moment présent.

— Je ne sais pas pourquoi j'ai dit ça, avait-elle dit ensuite en riant de bon cœur.

Non pas qu'elle s'était trompée, mais c'était sorti d'elle comme une perle de la bouche d'un enfant qui a parlé trop vite.

— Je suis amoureuse de la journée, tiens, avait-elle dit.

Elle était excitée à l'idée de rentrer.

— Peut-être que je suis guérie, après tout.

Son regard avait fui au loin. Puis elle était revenue, elle avait caressé mon bras et avait replacé une mèche de cheveux sur mon front.

Un soir, j'ai fini d'<u>enluminer</u> la dernière carte. J'ai recouvert le petit livre d'une pellicule de plastique. Et j'ai attendu. Je voulais que la vie se manifeste à travers la pièce où je me trouvais. Je voulais fixer les murs jusqu'à ce que la perspective se dérobe.

J'ai pensé à Marc qui était seul lui aussi à l'autre bout de la ville. Je me suis levée. J'ai commencé à lui parler, timidement. J'ai ouvert la fenêtre. J'ai senti le vent pénétrer à l'intérieur, j'ai senti le tremblement des feuilles d'arbres dans ma forêt.

Je percevais le plus infime mouvement d'humanité. Il y avait une chambre vide, puis il y avait des corps enlacés sur le lit. Il y avait des débuts de conversations anciennes et nouvelles. C'était mon corps, c'était le bruissement de la matière quand je me tournais vers l'inconnu. Je glissais d'une pièce à l'autre, attentive à la lumière, à la pénombre, aux sons produits par ma simple présence dans cet appartement. J'avais réussi à capter le parfum de la solitude. Je m'enivrais. <u>La réalité vibrait.</u>

Je suis sortie et j'ai pris la route jusqu'au pont. J'ai stationné la voiture et je me suis mise à marcher. Je voyais la ville <u>illuminée.</u> Je discernais l'armature de fer enchevêtrée dans le ciel. J'avais le vertige. Je tenais le petit livre serré contre moi. Arrivée au centre du pont, je me suis appuyée au parapet de longues minutes pour regarder les reflets sur l'eau noire. Lorsque le livre est tombé de mes mains, je l'ai regardé sombrer. C'était le détail invisible caché dans un tableau foisonnant, et si on regardait bien, on voyait que le livre sombrait, qu'il s'échappait, qu'il y avait naufrage, et que le personnage s'éloignait. C'était un rêve, et ce ne l'était pas. Le monde était. Le monde disparaissait.

CRÉDITS

OUVRAGE RÉALISÉ PAR
LUC JACQUES, TYPOGRAPHE
ACHEVÉ D'IMPRIMER
EN OCTOBRE 2002
SUR LES PRESSES DE L'IMPRIMERIE MARC VEILLEUX
BOUCHERVILLE (QUÉBEC)
POUR LE COMPTE
DE LEMÉAC ÉDITEUR
MONTRÉAL

DÉPÔT LÉGAL
1re ÉDITION : 4e TRIMESTRE 2002
(ED.01 / IMP. 01)